KB151122

이제 진짜 제주로 갑서

이제 진짜 제주로 갑서

정다운 지음

제주를 다 안다고 생각하는
여행자들에게 건네는
진짜 제주의 이야기

남해의봄날

차례

마을 삼춘들과 함께 걷고
상상하며 알게 된 제주

그다지 두껍지 않은 이 책을 쓰는 데 시간이 무척 오래 걸렸다. 왜 이렇게 오래 걸리는지 나는 나를 도무지 이해할 수가 없었다. 이야기를 새롭게 지어내는 것도 아니고, 대부분 삼춘들이 해 준 이야기나, 진작 취재가 끝나고 정리해 둔 이야기를 글로 푸는 건데 왜 이렇게 힘들었을까. 포기할 뻔도 했다. 나는 이 이야기를 끝낼 수 있을까? 결국 완성하지 못한 원고와 함께 땅 속에 묻히는 게 아닐까?

제주에서 산 지 11년이 되었다. 제주도에 대해 잘 알고 있다고 생각했다. 그런데 삼춘들의 이야기를 들으며, 마을을 취재하고, 제주에 대해 공부하면서, 내가 제주를 하나도 모르고 있었다는 사실을 깨달았다.

하나를 알게 되면 열을 몰랐다는 것을 깨달으니 알수록

뒷걸음질을 칠 수밖에 없었다. 제주도에 대해 이토록 모르면서 이 이야기를 쓸 자격이 있나. 한 글자 한 글자 이어 쓰기가 어려웠다.

마음이 한없이 무거워졌다. 한동안 글쓰기를 멈추고 숨을 골랐다. 그러다 어느 날인가, 조금 마음이 가벼워진 날, 집을 나섰다. 정확한 목적지를 정해 두지 않고, 혼자서. 다만 눈과 귀를 크게 하고 걸었다. 그리고 그날 나는 비로소 상상하기 시작했다. 이 마을에 대해, 마을 안에 살고 있는 사람과 나무와 돌과 바람에 대해, 과거와 현재에 대해. 그리고 집에 돌아와 다시 글을 쓰기 시작했다.

"한 사람의 사진을 찍을 땐 그 사람을 상상할 수 있어야 되는 거야. 가령 거리를 지나가다가 노인 한 사람을 만났다고 해 봐. 그분이 거쳐 온 성장의 시간이 있고 만약 결혼을 하셨다면 어떻게 했었을 것이고 자식을 위해서 애를 썼을 것이고 또 오늘도 즐거운 일이 있을 것이라고, 그렇게 삶이 이어지고 있다고 그 사람에 대해 다양한 상상을 즉각적으로 할 수 있어야 한다는 거야. 혼자 앉아 있는 그 사람 사진을 찍어 가지고 '세상에 어디를 갔더니 처량한 사람이 있더라' 하는 식으로 단편적으로 해석해 버리는 경우가 너무 많아. 내 감정에 빠져서 내가 보고싶은 면만 보지 말고 모든 사람을 온전한 하나의 삶으로 투사하자는 거야. 타인에 대해서도 자기 자신처럼 상상할 수 있어야 해. 우리가 북한 사람들에 대해서도 얼마나 편협하게 알고 있어. 먹고살기 힘들고, 호전적이고 어쩌고 그러는데 물질주의적 사고로 봤을 때 그렇게 보이는 거야. 가 보면 그렇지 않은 사람들이 많거든. 근데 그게 상상이 안 돼."

"상상이 안 되죠. 그들에 대해 생각하는 데 에너지도 안 쓰고요."

"안 쓰지. 우리가 유럽이나 미국, 캐나다 이런 나라 사람들에 대해서는 굉장히 다양하게 상상해. 여러 영화로도 많이 접하잖아. 그런데 아프리카나 동남아시아 사람들에 대해서는 이 사람들이 어떻게 밥을 먹고 어떻게 데이트를 하고 결혼을 하는지에 대한 상상이 안 돼. 못 봤잖아. 사실은 보지 못했더라도 그걸 상상할 수 있어야 돼. 인간이 그렇잖아. 어떻게 모든 인간들이 악한 상황, 고통 받는 상황에서만 살고 있겠어. 그 안에서도 피어나는 꽃이 있으니까 그런 것들을 상상할 수 있어야 된다, 하고 나는 보는 거지."

사진을 찍는 마음에 대해 알려 준 나의 스승,
임종진 사진 치유자와 나눈 대화 (〈AROUND〉 82호 수록)

오래 걸렸다. 그리고 나는 이제 진짜 제주를 조금 알 것
같다. 제주는 맛집과 카페와 관광지들이 점점이 모여 있는 섬
이 아닌 사람과 자연과 이야기, 아름다움과 아픔이 얽혀 어우
러진 섬이다. 삼춘들과 함께 마을을 걷는 동안 점과 점 사이
에 진한 선이 생겼고, 선이 면이 되었다. 제주의 점선면을 담
은 이 책은 처음부터 끝까지 우리 삼춘들과 함께 썼다.

이 책을 읽은 후 제주를 여행하는 마음이, 제주를 걷는
걸음의 방향이 조금 달라지기를 바라고, 더 많은 사람들이 제
주에 대해 한 번 더 사려 깊은 상상을 할 수 있게 되기를 바라
지만, 여의치 않다면 지금 당장 우리가 살고 있는 동네를 다시
바라볼 수 있는 동기가 되기를 소망한다. 책을 덮고 문을 열고
나가서 본 것들에 대해 듣고 싶다. 그게 당신을 웃게 만들면
좋겠다. 그 마음으로 제주 마을을 걷는다면 그 또한 좋겠다.

실은, 책 제목을 삼춘들이 반대하셨다. 삼춘들이 고쳐 준 제
목은 '이제 진짜 제주로 가봅주'. '갑서'는 '가라'는 뜻이고 '가
봅주'는 '같이 가자'는 의미라고 한다. 의미도 의미지만, 갑서

에는 삼촌들이 담고 싶은 정이 안 느껴진단다!

음, 어쩌지? 갑서가 입에 더 붙는데…….

삼춘들께 비밀로 하고 갑서로 가봅주! 친애하는 도민 여러분, 이해해 줍서양.

(그런데 삼춘! 이렇게 쓰는 거 맞아요?)

이야기의 시작,
평대리

모든 마을은
오래된 이야기를 품고 있다

🍠 172개의 마을

　우리가 생각하는 제주도는 어떤 모습일까. 눈을 감고 가로로 긴 섬 하나를 떠올려 보자. (제주도는 동서 길이 72킬로미터, 남북 길이 31킬로미터로 가로가 세로보다 2배 이상 길다.) 가운데 적당한 곳에 한라산을 그린 다음 북쪽에는 공항과 함덕 해수욕장, 동쪽에는 우도와 성산 일출봉, 남쪽엔 중문 해수욕장, 서쪽엔 협재 해수욕장을 표시한다. 여기까지 그린 사람이라면 제주 지리에 꽤 익숙한 편일 것 같다. 대부분의 여행자들은 이렇게 생긴 제주도 지도를 떠올리며 주요 관광지를 중심으로 적당한 곳에 숙소를 잡고 렌터카로 이동하며 흑돼지, 갈치 등 제주 특산물 맛집과 바다가 보이는 전망 좋은 카페를 찾아다니며 제주를 여행한다.

　제주도로 여행을 오는 지인들이 제주 도민인 나에게 가

장 많이 하는 질문은 맛집 추천. 맛있는 식당을 추천해 달라고 청하면 나는 대답하기 전에 먼저 물어본다.

"숙소는 어디야?"

대부분 숙소 위치를 한 번에 말하지 못한다. 하지만 제주도는 당신의 생각보다 훨씬 큰 섬이다. 제주도 전체 면적은 약 1850제곱킬로미터로 605제곱킬로미터 남짓인 서울시 3배 크기다.

나에게 누가 제주도를 그려 보라고 하면, 먼저 좌우로 긴 둥근 섬을 남서쪽으로 조금 기울인 다음 가운데에 한라산을 표시하고 제주의 동쪽과 서쪽 끝을 연결해 한라산을 가로지르는 선을 그어 제주를 남과 북으로 반 나누겠다. 그리고 선 위의 제주시를 떡 자르듯 6등분하고 선 아래 서귀포를 다시 6개로 적당히 나눈 다음, 그 안에 주요 관광지나 내가 좋아하는 장소를 표시할 것 같다.

제주도는 크게 북쪽 제주시와 남쪽 서귀포시 2개의 행정구역으로 나뉘어 있고 제주와 서귀포는 각각 6개의 읍·면·시로 구성되었다. 12개의 읍·면·시는 다시 172개의 리·동으로 잘게 쪼개진다. 1개의 리를 다시 여러 개의 리나 동으로 나누는 경우도 있다.

나는 제주시 조천읍 대흘리에 살고 있다. 누군가 사는 곳을 물으면 나는 정확한 거주지를 밝히기 조심스러워서 "조천"이라고 대답하곤 하는데, 내 이야기를 들은 사람들은 대부분 '조천읍 조천리'에 산다고 이해한다. 거짓말을 하지는 않았지만 정확히 대답한 것은 아닌 셈이다. 제주도만의 거리감을 이해하는 데 10년 넘게 걸렸다. 대흘리 안에서도 대흘1리와 대흘2리는 생활권이 달라 체감상 아예 다른 동네라고 느껴진다. 선흘1리와 선흘2리 역시 마을의 분위기가 완전히 다르다. 하지만 아마 이런 차이는 대흘리나 선흘리에 사는 사람들만 느낄 것이다.

아무튼 제주도는 대다수의 여행자에게는 크게 한 덩어리 여행지고 종종 귤국이라고 퉁쳐지는 섬이지만, 제주 도민에게는 크게는 2개, 이를 나누면 12개, 더 작은 행정구역으로는 172개, 그리고 그 이상의 마을로 이루어진 생활 터전이다. 제주 도민이기 이전에 리민이고, 마을 주민이다. 제주를 이해하려면 마을을 이해해야 한다. 한 마을을 이해하려면 그 마을 사람이 되어야 하고, 그 마을 사람이 되려면 그 마을에 살아야 한다.

비록 우리는 스쳐 지나가는 여행자지만, 아침부터 밤까지 온전히 하루를 꼬박 마을 안에 머무르며 자세히 들여다보고 마을의 이야기에 귀를 기울이며 아주 잠깐 살아 볼 수 있다. 그렇게 딱 하루만 마을 안에서 시간을 보낸 다음 여행을 마치고 일상으로 돌아가 제주도를 떠올리면 그 마을이 생각나고 그리워진다. 그걸 알게 된 뒤 제주를 바라보는 시선은 달라질 수밖에 없다. 나는 그 시선의 차이가 여행자에게도 제주에게도 좋은 것이라고 믿는다.

실은 언제나 생각한다. 제주도를 사랑하는 가장 좋은 방법은 사람의 발길을 줄이고, 제주에 살지 않고, 제주도로 여행을 오지 않는 것이라고. 하지만 그건 너무 극단적인 해결책이다. 그러나 마을과 친해지는 건 어렵지 않다. 제주도 작은 마을이 내 마음의 고향이 된다면, 제주도는 거대한 관광지가 아니고 정겨운 마을이 모인 나의 섬이 된다. 내가 만난 아름다운 마을을 그대로 지키고 싶어진다. 그 사이에 놓인 작은 강을 함께 건너고 싶다. 나에게 그 시작은 제주 동쪽 바닷가 마을 평대리였다.

모든 이야기의 시작, 평대리

반려자와 나는 2013년 9월에 제주도로 이주를 했다. 이주를 결심하게 된 데는 2012년 여름의 제주도 여행이 큰 영향을 미쳤다. 종종 생각한다. 만일 그때 제주를 여행하며 평대리에서 묵지 않았다면 나는 지금 제주도에서 살고 있을까? 그렇지 않을 가능성이 높다. 그러니 평대리를 빼고는 나의 제주 이야기를 시작할 수가 없다.

이 책 역시 마찬가지다. 평대리를 만나지 않았다면, 평생을 그곳에서 산 부석희 삼춘과 함께 마을 길을 걷지 않았다면 이 책은 시작되지 못했다. 나의 제주도도, 이 책도 모두 평대리에서 시작된 셈이다. 대체 평대리는 어떤 곳일까?

평대리가 속한 구좌읍은 제주의 북쪽 제주시에 속하며, 제주시 중에서도 동쪽 맨 끝에 위치해 있다. 시곗바늘 방향으로 치면 2시와 3시 사이 쯤이다. 공항에서 차로 달리면 제주시내와 조천읍을 거쳐 약 40~50분 정도 소요된다. 구좌읍은 12개의 리로 이루어졌다. 우선 해안선을 따라 9개의 리로 가늘게 쪼개지고, 한라산 자락에 3개의 마을 덕천리, 송당리, 상도리가 있다. 평대리는 구좌읍의 가운데에 위치한 마을로 세화리와 한동리, 송당리에 둘러싸여 있다. 송당리와 맞닿은 곳에 비자림이 있고 2.7킬로미터 정도의 길지 않은 평대리 해안도로에는 식당과 카페가 줄지어 있다. 한산한 평대 해안가에 10여 년 전부터 사람들이 모여들기 시작했고, 상가 건물이 하나둘 생겼다.

김녕리에서 시작해 월정리, 세화리, 종달리를 지나 성산일출봉까지 이어지는 27.8킬로미터의 아름다운 해안도로인 '해맞이 해안도로'를 드라이브하는 사람들에게 평대리는 스쳐 지나가는 마을이었다.

읍사무소가 있어 오고가는 주민이 많은 세화리, 아름다운 해변 때문에 젊은 여행자가 많이 찾는 월정리, 에메랄드빛 바다 덕분에 오래전부터 여행자에게 유명했던 김녕리가 주변에 있다. 이에 비해 평대리는 한눈에 인상적인 해변은 아니다. 하지만 아늑하고 소박한 평대만의 매력을 알아보는 사람들이 늘었다.

이 조용한 마을을 사랑하는 사람들이 모여들어 제주 옛집을 고쳐 작은 카페와 식당을 열었다. 그곳을 개인 여행자들이 찾고, 머물고, 다시 찾았다. 평대리는 그렇게 여행자가 사랑하는 마을이 되었다. 지금은 송당리로 이전한 '풍림다방'부터 '평대스낵', '아일랜드조르바', '톰톰카레' 등 작은 규모의 식당과 카페, 상점은 모두 평대리와 함께 유명해진 곳들이다. 그리고 나도 평대리만의 고즈넉한 분위기와 사랑에 빠졌던 사람 중 한 명이다.

🥔 제주도 여행

제주도로 이주하기 1년 전, 반려자와 함께한 8박 9일 제주 여행은 이주를 염두하지 않은 단순한 '휴가'였다. 동서남북에 위치한 숙소 네 곳을 예약했다. 제주도 내에서 이동 시간을 줄이고 숙소 중심으로 가까운 곳만 돌아보는 조금 여유로운 여행을 하고 싶었다.

반려자는 어린 시절 가족 여행으로 제주도에 종종 왔고 그때마다 주로 숙소는 중문 관광단지 내 호텔이나, 표선에 위치한 해비치 리조트였다고 한다. 그래서 제주도의 유명 관광지는 이미 대부분 가 봤다고 했다.

나는 가족 여행으로 제주도를 찾은 적은 없다. 친구랑 둘이 여행한 기억은 있다. 성산 일출봉 앞 여관에서 자고 일출봉에서 해 뜨는 모습을 보았다. 그 뒤 배를 타고 우도에 가서 스쿠터로 섬을 한 바퀴 돌았다.

구성원은 다르지만 아주 고전적인 제주 여행이다. 그랬던 우리가 왜 아흐레라는 긴 휴가 기간 동안 제주도를 여행하기로 마음을 먹었는지 잘 모르겠다. 둘 다 회사원이었고, 제주도에 살고 싶다는 생각을 해 본 적은 없었다. 언젠가 세계 여행을 떠나자는 이야기는 늘 했지만, 그건 여행이니까. 돌아올 곳이 있는 여행과 돌아오지 않는 이사는 아주 다르니까.

평대리 함피디네 돌집, 가시리 타시텔레 게스트하우스, 사계리 더 게스트하우스, 협재리 밥 게스트하우스를 2박씩 예약했다. 12년이 지난 지금, 두 곳은 문을 닫았고 한 곳은 주인이 바뀌었다. 한 곳만 여전히 같은 주인이 숙소를 운영 중이다. 첫 숙소는 함피디네 돌집이었다. 평대리에 있는 숙소였지만 마을을 고려한 선택이 아니었다. 제주 동쪽의 숙소 중에 하나 고른 것뿐이었다. 사진으로 본 단정한 돌집과 아담한 마당의 금잔디가 마음에 들었다. 얼핏 주인이 피디 출신이라는 이야기도 봤다. '제주도로 이주한 젊은 사람이 차린 숙소구나' 조금 흥미가 생겼다. '어떤 사람들이 제주도로 이주를 하는 걸까?' 궁금해졌다. 함피디네 돌집에서 묵는 동안 주인은 만나지 못했고, 게스트하우스 스태프가 우리를 맞아 주었다.

사실 숙소가 어땠는지는 잘 기억이 나지 않는다. 다만, 소박한 온돌방에 짐을 풀고 숙소를 나서서 느긋하게 평대리를 걸으며 느꼈던 감정은 지금도 생생하다. 마을 산책이라니! 태어나서부터 줄곧 아파트촌에 살았던 나는 마을 산책을 해본 적이 거의 없다. 나에게 산책이란 공원이나 강변 같은 곳을 버스나 지하철을 타고 찾아가서 걷는 일이었다.

고즈넉한 평대리 마을을 산책했다. 돌담의 돌 하나, 전봇대 아래 꽃 한 송이, 흘러가는 구름 한 조각까지 예뻐 보였다. 당연하지. 불과 하루 전 같은 시간 나는 높은 빌딩 속 회사 책상 앞에 앉아 있었으니까. 이게 제주도인가 싶었다. 주변의 모든 게 야트막하고 자연스러운 곳. 내가 살던 곳과는 아주 다른 곳. 그간 여행했던 곳들과도 또 다른 느낌. 그런데 어딘가 친숙하고 다정했다. 그날 산책에서 만난 풍경이 평대리의 첫인상이었고, 제주도의 첫인상으로 이어졌다. 방에 풀어놓은 짐 그대로 오래 머물고 싶다는 생각을 했다.

골목을 걷다가 우연히 카페 하나를 발견했다. 묵고 있는 숙소처럼 제주 옛 농가주택을 개조한 곳이었다. 이름은 아일랜드 조르바. 지금도 여전히 그 자리에서 같은 주인이 카페를 운영하고 있다. 현재 안거리는 독채 숙소(조르바 롯지)로 사용하고 밖거리는 리모델링해 카페로 쓰고 있지만, 당시에는 담 안쪽의 안거리와 밖거리 두 채 모두를 카페로 운영하고 있었다. 제주도 옛집은 안거리와 밖거리 즉 두거리 집인 경우가 많다. 안거리에는 부모가 살고 밖거리에는 장성한 자녀들이 살다가, 자녀가 혼인해 자식을 낳으면 부모가 밖거리로, 자녀가 안거리로 들어간다. 한 울타리 안에 살지만 안거리와 밖거리에 사는 세대는 각각 다른 부엌을 가지고 독립적인 생활을 한다.

카페 주인은 안거리에서 핸드드립으로 커피를 내려 주었다. 커피를 들고 마당이나 밖거리에서 시간을 보내도 된다고 했다. 우리는 밖거리에 자리를 잡았는데, 책이 많지는 않았지만 주인이 고심해 골라 꽂아 두었을 책들이 모두 마음에 들었다. 기대앉아 책을 읽던 시간이 또렷하게 기억난다. 작가가 꿈이었지만 글을 써 본 적 없는, 그저 책 읽는 걸 좋아했던 나는 언젠가 이 공간에 내가 쓴 책을 꽂아 두고 싶다고 생각했다. 아주아주 큰 꿈이라 다른 사람에게 들킬세라 잠시 생각하고 얼른 마음 깊은 곳에 묻었다. 어떤 꿈은 사소한 순간에 시작되어, 오래 저장된다.

다음 날도 같은 골목을 걸어 카페로 갔다. 그리고 커피를 마시며 시간을 보냈다. 두 번째 간 날에는 주인 언니가 나를 기억해 주었던 것도 같다. 아닌 것도 같고. 아무튼 이 글을 쓰는데 이제는 친구가 된 카페 아일랜드조르바 주인 언니가 마당으로 슥슥 걸어 나와 로즈마리를 가위로 툭 잘라 다시 안거리로 들어가는 장면이 마치 어제 일처럼 떠오른다.

그 다음 날 평대리를 떠나며 우리는 또 아일랜드조르바에 갔다. 그때부터 제주도가 친근하게 느껴지기 시작했다. 좋아하는 마을이 생겼고, 단골 카페가 생겼다. 숙소부터 카페까지 가는 길을 눈을 감고도 그릴 수 있었다. 이곳에 나는 반드시 다시 오겠구나.

8박 9일의 제주 여행을 마치고 일상으로 돌아갔다. 그리고 자주 제주도를 떠올렸다. 협재리의 밥 게스트하우스에 다시 가서 여행자들과 음식을 나눠 먹고, 개와 고양이를 만나고 싶었고, 안개가 자욱해 오르지 못한 용눈이오름에도 가고 싶었다. 타시텔레 게스트하우스에서 식당까지 우리를 안내하던 가시리 개들의 안부도 궁금했다. 하지만 내가 가장 자주 떠올린 건 평대리였다.

평대리에 살아 보고 싶다. 저 마을에 살아 보면 어떨까. 강렬했던 사흘간의 일상이 석 달이 되고, 3년이 될 수도 있지 않을까. 회사 일이 힘들어 정말 지칠 때면 부동산 사이트에 들어가 평대리 매물을 검색해 보기도 했다. 상상은 자유니까.

공시지가 관련한 뉴스에서 평대리를 발견하기도 했다. 그해 전국에서 공시지가가 가장 싼 땅이 평대리에 있었다. 지도를 열어 그 땅의 위치를 확인했다. 아주 낡은 폐가가 있는 모퉁이 조그만 땅. 이 글을 쓰며 또 생각한다. 그때 그 땅을 내가 샀어야 했는데!

그리고 그 다음해 우리는 제주도로, 정말, 이주를 했다. 그래서 평대리에 살았냐면, 아니다. 제주 생활 11년. 제주시 삼양동, 함덕리, 선흘리, 대흘리까지 이사를 네 번이나 했지만 평대리에서는 아직 살아 보지 못했다. 하지만 여전히 평대리에 가면 집에 온 기분이다. 이상하기도 하지. 그곳엔 내 집이 없는데. 그리고 동시에 평대리에 가면 제주를 여행하고 있는 기분이 든다. 이상하기도 하지. 나는 제주에 살고 있는데.

🍓 제주도 이주

태어난 집에서 계속 살고 있는 사람을 부러워한다. 부모님 댁이 내가 태어난 집이고, 내가 어린 시절부터 쓰던 방이 여전히 그곳에 있는 사람을 선망한다. 고향집. 내가 결코 가져본 적 없고 앞으로도 가지지 못할 존재. 어릴 때부터 이사를 자주 다녔다. 서울에서 태어났지만 세 살에 부산으로 이사를 했고, 부산 내에서도 이동이 잦았다. 스무 살에 서울로 올라와서도 그렇다. 서울에서 몇 년 살다 다시 서울 근교로 이사를 했다.

부산에서 보낸 학창 시절 누군가 고향이 어디냐고 물으면 "서울"이라고 대답했지만 서울에 대한 기억이 하나도 없었다. 그렇다면 내 고향은 서울이 맞나. 서울에서 대학 생활을 했지만 서울이 낯설었고 내내 부산이 그리웠다. 하지만 부산이 고향은 아니다. 이후 분당에서 산 기간이 꽤 길지만 분당에 추억은 없다. 고향이라고 할 만한 곳이 없다는 사실, 그게 늘 마음 한편의 아쉬움이었다.

그런데 제주도로 이사하는 과정에서는 이게 장점으로 작용했다. 누군가는 제주도 이사를 대단한 결단으로 보기도 했지만 나에게는 부산과 서울 그리고 제주도가 크게 다르지 않았으니까. 반면 반려자는 그렇지 않았다. 한동네에서 오래 살며 동네 친구를 사귀고, 동네 단골집이 있는 사람이었다. 제주도로 이사를 하는 일에 나보다 더 큰 결심이 필요했다. 그래서인가 내가 먼저 이야기를 꺼냈던 것 같다.

"일자리가 있다면 제주에 살아도 괜찮지 않을까?"

직업을 바꾸는 것보다 배경을 바꾸는 일이 훨씬 쉽다. 나는 IT회사, 반려자는 게임 회사에 다니고 있었다. 제주도 이주를 결정한 뒤 나는 제주에 있는 IT회사에, 반려자는 제주에 있는 게임 회사에 원서를 넣었다. 나는 떨어졌고, 반려자는 붙었다. 일단 한 명이라도 제주에서 일자리를 구했으니 이사를 하면 된다. 나는 회사를 다니는 대신 제주에서 좀 더 지속적으로 할 수 있는 일을 찾아보기로 했다.

회사에서 차로 30분 정도 걸리는 아파트 단지의 임대 아파트를 계약했다. 보증금 5500만 원에 월세 38만 원. 제주도까지 가서 아파트라니 조금 서운한 마음이 들었지만 제주도를 먼저 경험한 사람들이 처음부터 주택에 사는 건 적응이 어려울 수 있다고 조언해 주었다. 나는 작은 겁이 많은 사람이라 그러기로 했다. 대신 집에서 걸어서 바다에 갈 수 있다는 점이 위안이 되었다. 10분 쯤 걸으면 삼양 검은 모래 해변에 닿았다. 부엌에 난 작은 창문으로도 바다가 보였다. 그리고 무엇보다 아파트가 제주 시내 동쪽 끝에 위치해 있어서 내가 좋아하는 평대리에 가기 좋았다. 반려자가 회사 사람들에게 출퇴근 시간이 30분 걸린다고 하니 너무 먼 곳에 산다고 깜짝 놀랐다고 했다.

반려자가 회사에 출근하고 나면 나도 후딱 외출을 준비해서 밖으로 나왔다. 제주에 직장도 없고, 직업도 없고, 차도 없고, 친구도 없던 나는 집 앞 버스 정류장에서 버스를 탔다. 그때는 동일주로를 달리는 버스를 동일주버스, 서일주로를 달리는 버스를 서일주버스라고 불렀다. 제주시 버스터미널과 서귀포시 버스터미널을 종착지로 두고 버스는 제주의 동쪽과 서쪽을 달렸다. 지금은 동쪽에 101번 급행 버스와 201번 일반 버스, 서쪽에 102번 급행 버스와 202번 일반 버스가 운행 중이다. 가끔은 시내버스를 타고 제주시 버스터미널로 가서 서일주버스로 갈아타고 제주 서쪽을 가기도 했지만 대부분은 집 앞에서 동일주버스를 바로 탔다. 그리고 대체로 평대리에서 내렸다. 평대리 정류장에서 내려 바다 쪽으로 조금 걸어가면 아일랜드조르바가 있다. 그곳에 앉아 커피를 마시면 '아, 내가 제주도에 살고 있구나' 실감이 났고 안심이 되었다.

나에게 평대리는 그런 곳이다. 제주에서 가장 친한 마을. 가장 친한 카페가 있는 곳. 차츰 아는 식당도 생기고, 친구들도 생겼다. 제주는 대부분 마을 중심으로 관계가 이어진다는 사실도 그때 처음 알았다. 내 친구는 모두 평대리와 그 주변에 있었다. 그러다 평대리에서 한동리로 월정리로. 또 평대리에서 세화리로 하도리로 나의 제주도가 조금씩 넓어졌다.

평대리는 눈 감고 걸을 수 있고, 맛있는 식당과 카페 여러 곳을 자신 있게 추천할 수 있다. 나는 내가 평대리에 대해서 꽤 많이 안다고 생각했다. 나의 이 생각은 평대리에서 평생을 사신 부석희 삼춘을 만나고 모두 깨져 버렸다. (삼춘은 제주에서 성별, 혈연 관계와 무관하게 어른을 부를 때 쓰는 호칭이다.) 부석희 삼춘을 만나고, 함께 평대리를 걸으며 처음 걷는 골목을 만났고, 처음 듣는 이야기를 알게 되었다. 삼춘과 평대리를 걸은 후, 다시 혼자 평대리를 걸으니 내가 알던 작은 마을 평대리가 엄청 크게 느껴졌다. 그래서 더 친해진 것 같냐 하면, 사실은 좀 낯설다.

　나는 이게 사랑의 시작인 것 같다. 누군가를 좋아하면 그 사람을 다 알 것 같고, 알게 된 것 같고, 나랑 비슷한 사람이라고 느끼게 된다. 그러다 정말 가까운 사이가 되면 몰랐던 부분을 알게 되고, 나와 아주 다른 부분을 발견하게 되기도 한다. 그리고 상대가 낯설어진다. 그 낯섦을 다시 친숙함으로 바꾸는 과정이 사랑이고, 낯섦을 극복해야 사랑은 오래간다.

　나는 평대리를 사랑하게 될 수 있을까. 평대리에서 시작된 나의 제주도는 평대리에서 다시 한 번 시작되었다. 나는 제주도를 마음 깊이 사랑하게 될까.

🪨 부석희 삼춘과 다시 걷는 평대

　부석희 삼춘을 만나기로 한 곳은 카페 '당근과깻잎'이었다. 평대리에 이런 곳이 있었어? 와, 평대리를 그렇게 잘 안다고 생각했던 내가 처음 가 보는 카페가 있다니. 제주 옛집을 개조한 카페 당근과깻잎에서 만난 부석희 삼춘은 우리에게 갓 짠 당근 주스를 한 잔씩 내어 주었다.

구좌읍은 당근으로 유명하다. 전국 당근의 60퍼센트를 구좌읍에서 생산한다. 나는 당근을 좋아하지 않는 사람이었지만, 언젠가 달콤하고 신선한 구좌 당근 주스를 먹고 바로 그 생각을 고쳐먹었다. 역시나 달다. 상쾌하고 신선한 단맛이 온몸으로 퍼져 기분이 좋아진다. 주스 한잔에 금세 행복해진 모습을 지켜보던 삼춘은 "당근 종자가 다르다"고 툭 던지듯 말씀하셨다. 제주의 다른 당근들과 달리 농사짓기 까다롭다고. 그렇지! 부석희 삼춘 본업은 농부지! 유기농법을 고집하며 농사를 짓고 계신다는 이야기를 들었던 기억이 난다.

부석희 삼촌은 카페 앞에 세워 둔 트럭 뒤쪽을 가리키며 타라고 하셨다! 겁이 많은 편이고, 특히 안전 문제에 민감한데, 신기하게도 걱정이 하나도 되지 않았다. 평대리에서 평생 살아온 사람이 평대리를 안내하며 자신이 운전하는 트럭 뒤에 태운다는 건, 아무 일도 생기지 않을 거라는 뜻. 재미있는 일이 생길 거라는 뜻.

주로 당근을 태웠을 트럭 뒤에 올라타며 가슴이 뛰기 시작했다. 여행이 시작되었다! 낭만을 아는 사람과 함께하는 평대리 여행은 분명히 특별할 거야. 정말로 그랬다. 평대리 풍경이 더 가까이서 더 빠르게 지나갔다. 당근이 된 것 같기도

하다. 특별한 종자로 태어나 유기농으로 재배된 당근. 신난다.
삼춘, 달려!

가장 먼저 향한 곳은 평대리 서동 방파제. 방파제에 내리니
바람이 거셌다. 그렇지 제주도는 바람이지. 트럭에서 이미 잔
뜩 바람을 맞은 뒤였다. 평소 같으면 조금 지긋지긋해할 바람
조차 반갑다. 바람 따라 크게 깔깔 웃었다. 웃음소리는 금세
바람에 잡아 먹힌다. 삼춘은 강한 바람이 부는 날 바다를 바
라보며 앉아 있을 수 있는 제주 유일한 바닷가가 평대 바다라
고 했다. 해안선이 동그랗게 들어가 있어 바람이 불어도 안전
하다고 한다. 과학적 원리는 잘 모르겠지만, 평생 평대 바다에
서 놀았다는 삼춘의 경험이 믿음직스럽다.

바다를 바라보며 삼춘은 해녀 이야기를 시작했다. 제주
의 해녀들은 보통 바다를 나눠 사용한다. 그러다 보니 서로의
영역을 침범할 경우 싸움이 나기도 한다. 평상시 온순한 성격
의 해녀 삼춘들도 바다 앞에서는 거칠어진다. 물리적 충돌이
일어나는 때도 있다. 그런데 평대리는 조금 다르다. 바다를 나
누지 않고 같이 쓰기로 수십 년 전 합의했고 지금까지도 바다
를 공유하며 평화롭게 물질을 하고 있다. 삼춘은 그래서 다른
바다에 비해 평대 바다에 해녀가 많아 보인다고 덧붙였다.

내가 물질하는 해녀 삼춘들을 가장 많이 만난 곳은 분명 평대 바다가 맞다. 하지만 삼춘 이야기를 듣다가 '내가 다른 곳보다 평대를 자주 가기 때문에 해녀를 가장 많이 목격한 것이 아닐까?' 잠깐 생각했다. 물론 정말로, 제주에서 가장 많은 해녀를 볼 수 있는 지역이 평대일 수도 있다. 누군가는 다른 마을 해녀 이야기도 들어 봐야 하지 않느냐고 말할 수도 있다. 맞는 말이다. 나는 이게 바로 마을 여행의 묘미인 것 같다.

나는 마을에 오래 사신 삼춘들이 해 주는 마을 이야기의 사실 관계를 꼼꼼하게 확인하고, 분석하고, 조사할 생각이 없다. 어떤 이야기는 틀렸을 수도 있고, 어떤 이야기는 그 어떤 사료보다 정확할 수 있다. 평대리에서 60년 가까이 산 부석희 삼춘이 하는 평대리 이야기에도 작은 허점이 있을 수 있다. 제주도에서 11년을 산 내가 하는 제주도 이야기에는 틀린 점이 꽤 많을 거다. 그리고 사실 나는 그 점이 더 좋다. 우리는 연구를 하는 게 아니라 여행을 하는 것이니까. 삶은, 여행은 그야말로 주관적인 것이니까.

평대 바다가 품은 이야기

평대 바다를 수없이 봤다. 물빛이 예쁜 작은 해변. 평대 바다에겐 비밀인데, 실은 제주의 다른 바다에 비하면 조금 평

범한 해변이라고 생각했다. 한때 평대에 사는 친구가 여름이
면 평대 해변에 텐트를 쳤고 밤이 되어도 텐트를 걷지 않았다.
여름 동안 모래사장에 두고 시간이 될 때마다 바다로 가 그
텐트에 앉아 시간을 보냈다. 그래도 되는 시절이었다. 친구 잘
둔 덕분에 나도 그 텐트에서 꽤 시간을 보낼 수 있었다. 어떤
날은 바다에서 가장 가까운 집이라는 이유로 처음 본 이의 집
욕실에서 샤워를 하며 모래를 털어 내기도 했다. 그리 오래 전
의 일도 아닌데. 무척 옛날이야기 같다.

　비교적 한산했던 평대에 사람들이 몰리면서 요즘엔 평
대 해수욕장에서 해수욕을 하는 사람이 많아졌다. 여름 성수
기가 시작되면 평대리 청년회에서 모래사장 위에 커다란 천
막을 치고 백숙이라든가 파전 같은 음식을 판다. 평대 바다
앞에 3층짜리 건물도 생기고 편의점도 생겼다. 그래도 우후
죽순 건물이 들어선 다른 해수욕장에 비해서는 여전히 전망
을 가리는 높은 건물이 없는 편이다.

　바다에서 가장 가까운 집에 살던 친구는 서울로 돌아갔
고, 바닷가 집 대부분은 카페나 식당, 숙소로 운영 중이다. 아
마 친구가 살던 집 임대료는 이제 아주아주 비쌀 테다. 요즘
은 평대 바다에 잘 들어가지 않는다. 나에게도 평대 바다는
추억의 장소가 되었다.

그 바다 앞에 선 부석희 삼춘은 마을의 변화에 대해 이야기하는 대신 변함없는 것에 대해 이야기해 주었다. 평대 방파제에 서면 월정리부터 우도까지 한눈에 다 보인단다. 특히 수평선에 고기잡이배들이 떠 있는 밤에는 그 빛이 움푹 들어간 평대 해수욕장까지 비친다고 말하는 삼춘의 두 눈이 별처럼 반짝였다.

해안선의 지리적 특성 때문에 평대 해수욕장에는 바다의 온갖 것이 모여든다고 한다. 그 온갖 것 중에 시체도 있단다. 그래서 방파제까지 가는 길 이름은 '염나니코지길'이다. 얼핏 특이하고 예쁜 이름이라고 생각하기 쉽지만 그 뜻은 '시체가 나는 길'이란 의미. 시체뿐만 아니라 물건도 나고, 보물도 난다. 하지만 어쩌면 정말 시체가 모이는 곳이라서 붙여진 이름이 아니라, 방파제는 밤에 어린이들 뛰어놀기엔 위험하니 아이들에게 무서움을 심어 주기 위해 어른들이 일부러 그렇게 이름을 붙였을지도 모른다는 말씀도 덧붙이셨다.

지금부터 전할 이야기는 염나니코지길 끝에서 세찬 바람을 맞으며 들은 이야기다. 나는 처음 듣는 이야기였다. 내가 이 이야기를 듣고 흥분한 상태로 카페 아일랜드조르바로 달려가 평대 앞바다에서 이런 일이 있었다는데 알고 있냐고 말하자 주인 언니도 처음 듣는 이야기라고 말하며 눈을 크게 떴다.

평대 해수욕장 앞 3층 건물은 예전에는 제주 전통 돌

집이었다. 마을에선 꽤 규모가 큰 집에 속했다. 부석희 삼춘이 일곱 살 즈음 그 집에 마을 사람들 50~60명이 모여서 며칠이고 큰 잔치를 하던 기억이 있었다. 그 기억을 잊고 살다가 요즘 자꾸 꿈에 그 장면이 나와서 정말 있었던 일인지 삼춘은 궁금해졌다. 그래서 여든 살 이상 할망과 하르방들을 찾아다니기 시작했다. 수십 년 전에 정말 마을에서 잔치가 있었느냐고, 내 기억이 맞냐고, 물어보았고 평대리 어르신들은 그때 이야기들을 하나씩 꺼내 놓기 시작했다.

🔵 평대 바닷속에는 보물선이 있다

평대 앞바다에 암초가 하나 있다. 암초 이름은 '부서진 여'. 오래전 '에스파냐 상선(스페인 선박을 말하며, 부석희 삼춘의 입말을 그대로 살렸다)'이 일본으로 향하던 길, 한동리 도깨비 불(한동리는 평대리 바로 옆 마을이다. 한동리는 밤마다 바다에서 총알처럼 날아오는 도깨비불 때문에 마을에 화재가 잦았다고 한다. 한동리의 옛 이름은 '궤', 이를 풀어 '괴이리'라고 불렀다. 이름 때문에 불이 자주 난다고 하여 마을 이름을 한동리라고 고치니 도깨비불이 잦아들었다고 하는 이야기가 전해진다)을 보고 항구인 줄 알고 들어오다가 암초에 부딪혀 좌초된다. 그리고 시간이 지나자 에스파냐 상선에 실려 있던 와인, 본차이나 도자기, 통조림 같은 것들이 평대 바닷가로 밀려

오기 시작했다고 한다. 그 덕분에 마을 잔치가 열렸다.

몇 날 며칠 바닷가 앞 돌집에 마을 사람들이 모여서 와인을 마시고, 통조림을 까서 안주로 먹었다. 낯설고도 진기한 것들이 가득 담긴 에스파냐 상선은 작은 시골 마을 사람들에게 보물선이었다.

어느 날부터 더 이상 보물이 해안가로 떠내려 오지 않자 마을 사람들은 뗏목을 만들어서 상선이 있는 곳까지 갔다. 뗏목에는 바닷속 전복과 미역 등을 따던 해녀들을 태웠다. 해녀들은 좌초된 배에서 보물을 건져내 망사리(그물 주머니)에 담아 왔다. 부석희 삼춘은 어느 여든 넘은 현역 해녀 삼춘에게 그때 이야기를 물었다.

"배 구멍 뚫고 상자 열고 뭔 보물 캥와수까?"

"나는 비창으로 상자 자물쇠를 따서 망사리에 브랜디를 가득 담고 나왔지."

해녀 중 한 분이 어스름에 혼자 테왁을 메고 몰래 상선으로 가서 욕심껏 망사리를 채우고 돌아오다가 바다에서 세상을 떠난 일도 있었단다. 이제 할아버지가 된 해녀의 남편이 최근 지역 라디오에 출연해 그 이야기를 해 주시며 덧붙였다는 말씀이 있다.

"바다는 모든 사람에게 자신의 이익을 나눠 주지만, 욕심을 내면 목숨을 버릴 각오를 해야 한다."

이야기 하나라도 놓칠세라 귀를 쫑긋하며 듣다가 허리를 쭉 펴고 평대 먼 바다를 바라봤다. 바다가 달리 보이기 시작했다. 지금도 저 어딘가 깊은 곳에 브랜디가, 올리브 캔이, 와인이 가라앉아 있을지도 모른다. 삼춘의 이야기를 듣고 바라보는 평대 바다는 이전의 평대 바다가 아니다. 그리고 그건 평대 바다뿐이 아니겠지. 제주 바다는 얼마나 많은 이야기를 간직하고 있을까.

🥔 돈짓당에서 하는 기도

제주 바닷가 곳곳에는 돌로 둘러싸인 '돈짓당'이 있다. '돈짓'은 제주말로 해안가 둔덕이란 뜻이다. 용왕당이나 해신당이라고 부르기도 하며 이름처럼 해녀, 어부, 어선 등 해상의 일을 관장하여 수호하는 신을 섬기는 신당을 말한다. 해녀와 어부들은 돈짓당에 향을 피우고 무사 안녕과 풍어를 기원하는 제사를 지낸다. 제주 사람들은 돈짓당을 '할망당'이라고 말하기도 한다. 설문대할망으로 비롯된 제주의 신화 속 주요 신은 대부분 여성이다. 그러니 마음을 담아 기도할 때 할망을 찾는 건 자연스러운 일이다.

제주도의 엄마들은 인적이 드문 시간 바다로 나와 돈짓당을 찾는다. 사람들의 눈과 거친 바람을 피할 수 있는 고요

제주 바닷가 곳곳에는
돌로 둘러싸인 '돈짓당'이 있다.
'돈짓'은 제주말로
해안가 둔덕이란 뜻이다.

한 돈짓당에서 오롯이 혼자 기도를 드린다. 기도 내용은 수십 년 전이나 지금이나 같다. 육지 간 아이들 잘 지내라고. 오래 토록 건강하게 해녀 물질해서 내 몫을 벌게 해 달라고. 바다 는 얼마나 많은 기도를 들었을까. 가늠할 수도 없다.

퐁낭에 담긴 이야기

퐁낭은 제주에서는 폭나무라고 부르기도 하는데, 육지 말로는 팽나무다. 퐁낭은 마을이나 집의 시작이다. 집을 지을 때나 마을이 조성될 때 제일 먼저 퐁낭을 심기 때문에 퐁낭의 나이를 보면 그 마을의 나이를 알 수 있다. 퐁낭은 마을 사람 들이 모이는 광장이 되기도 하고, 햇살이 뜨거운 날엔 모두의 그늘이 되기도 한다.

부석희 삼춘이 우리를 호젓한 분위기의 초가로 이끌었다. 초 가 입구에 커다란 퐁낭이 있다. 나무만큼 오래된 집인가 보다. 집의 상태는 양호해 보였지만 사람이 살고 있는 것 같지는 않 았다. 이곳은 평대리 할아버지 삼총사 중 한 명 '혹하르방'이 살던 집이다. 혹하르방은 돌아가시기 전까지 10년 남짓 동안 "혹", "헉" 같은 괴상한 신음소리와 함께 욕만 하다 돌아가셨다.

삼총사 중 나머지 두 분은 '좀좀하르방'과 '술하르방'이다. 좀좀하르방은 혹하르방에게 늘 "좀좀(잠잠)하라"고 말씀하셔서 좀좀하르방이란 별명이 붙었다. 평생 자식이 없었던 좀좀하르방은 마을에서 어린아이를 만나면 주머니에서 돈을 꺼내 용돈을 주셨단다. 그래서 늘 주머니에 돈을 들고 다니던 좀좀하르방. 부석희 삼춘이 가장 먼저 좀좀하르방에게 용돈을 받은 사람이 누군지 궁금해 찾으러 다녔는데, 삼춘의 어머니뻘 되는 분들이 다들 자기가 가장 먼저 받았다고 말했단다. 술하르방은 평생 술만 드시다 돌아가셨다.

아무튼 그 세 명의 할아버지가 삼총사였고, 평대리 마을 삼거리 동네 점방 앞 퐁낭 아래서 셋이 술 마시고 싸우는 게 일상이었다. 그때는 혹하르방도 이상한 소리를 내지 않았다. 그러다 어느 날부터 "혹", "헉" 거친 욕을 내뱉었고 마을 사람들은 혹하르방을 피해 다니기 시작했단다. 혹하르방은 왜 욕을 하기 시작했을까.

혹하르방이 살던 초가는 지금 봐도 번듯하다. 우영팟(텃밭)도 상당히 크다. 제주에선 어디나 집 안에 우영팟이 있고 우영팟이 클수록 부잣집이라고 한다. 혹하르방은 키운 소를 뗏목에 싣고 큰 배 근처로 가서 소를 옮겨 태우는 방식으로 육지에 소를 팔았고, 그 돈으로 자식들 대학까지 보냈단다. 남부럽지 않은 집안이었다. 그런데 육지로 간 아들이 대학에 입학하자마자 한국전쟁이 터졌고 강제 징집을 당한 뒤 훈련 중

사망했다는 전보를 받는다. 그때부터 혹하르방은 말을 잃었다. 대신 "혹", "혁" 거친 소리를 낼 뿐이었다.

부석희 삼춘은 평대마을 이야기를 해 주시며 "아흔의 노인이 내 입을 통해 들려주는 이야기로 생각하라"고 하셨다. 나는 삼춘이 꼭 퐁낭 같다. 퐁낭은 마을의 이야기를 다 알고 있다. 하지만 우리는 퐁낭의 이야기는 들을 수가 없다. 퐁낭이 품은 이야기를 듣기 위해 마을 어르신의 집을 찾아가 같이 시간을 보내고 궁금한 것을 묻고 귀 기울여 듣고 그렇게 모은 이야기를 우리에게 전해 주시는 삼춘. 어쩌면 이게 삼춘이 마을을 지키는 방법인지도 모르겠다. 퐁낭처럼.

 마을 비석

제주도를 여행하다 보면 종종 무덤이 아닌 곳에 있는 비석을 발견하게 된다. 주로 공덕비라고 들었다. 마을을 위해 공을 세운 사람들을 기리기 위해 행적을 새긴 비석이 대부분이다. 평대초등학교 길 건너편에도 제법 큰 비석이 하나 있다.

제주도는 예전부터 마을에 돈이 모이면 학교부터 세우고, 돈이 좀 더 모이면 리사무소를 세웠다. 그래서 인구 대비 초등학교가 가장 많은 섬이 제주도였다고 한다. 일제강점기가

1983년에 세워진 이 비석에는
'동년 회갑 기념비'라고 써 있다.
4·3사건을 잘 견디고
살아남은 걸 기념하려
세운 비석이다.

지나고 제주 4·3사건을 겪으며 사람들은 동네에 남아 있는 청년을 모두 도망 보냈다. 그때부터 자식을 낳으면 육지로 보내는 문화가 시작되었다. 자식을 육지로 보내지 못하면 뒤떨어진 사람 취급을 받기도 한단다.

4·3사건 뒤로 특히 열일곱, 열여덟 즈음 남자아이들을 일본으로 많이 보냈는데 한번 일본으로 도망가면 빨갱이로 몰려서 돌아오지 못했다. 한국전쟁이 끝나고도 이런 분위기는 계속되어 도망가지 않고 남아 있던 열서너 살 어린이들이 형들 도망간 자리에서 똑같은 고초를 겪어야 했다.

마을 사람들 대부분은 초등학교 앞에 비석이 있다는 사실을 알았지만 비석의 정체에 대해서는 몰랐다. 부석희 삼춘이 어느 날 관심을 가지고 비석을 살펴보니 동네 할아버지 중 살아남은 세 명의 이름이 적혀 있었다고 한다. 이 비석은 1978년에 세워졌다.

평대초등학교를 지나 골목 안쪽으로 들어서면 작은 동산 위에 비석이 하나 더 있다. 1983년에 세워진 이 비석에는 '동년 회갑 기념비'라고 써 있다. 할아버지 한 명이 환갑날 28명의 동네 친구들을 모두 부르고 싶었는데, 많은 친구들이 4·3사건으로 희생당하고 남은 친구가 12명이었다고 한다. 그 사실이 너무 억울해서 4·3사건을 잘 견디고 살아남은 것을 기념하려 세운 비석이다. 이후에 후배들이 따라서 다른 비석을 근처에 세우기도 했다. 그렇게 평대마을 곳곳에 비석이 남아 있다. 4·3사건의 흔적은 제주 어디에나 있다.

그나저나 마을에서 눈에 잘 띄는 곳에 비석을 세울 수 있는 것도 권력인 듯싶다. 어쩌면 할아버지들은 살아남은 당신들의 권력을 보여 주고 싶었던 것일지도 모르겠다.

🍓 갑주

언젠가 부석희 삼춘을 만나서 평대리 바로 옆 세화항구 근처 '만물식당'에서 고등어와 삼겹살과 묵은지를 한꺼번에 넣어 끓인 섞어찜을 먹으며 드라마 〈우리들의 블루스〉 이야기를 나눈 적이 있다. 드라마가 방영될 즈음이라 제주 사람들이 모이면 자주 화제에 올랐다. 특히 제주도 사투리가 드라마에 이만큼 본격적으로 등장한 건 처음 있는 일이라 늘 사투리가 이야기의 중심이 됐다.

나는 호기심에 한두 회차를 보고는 그만두었다. 제주도를 과장해서 보여 준다고 생각했다. 그토록 예쁘고 잘생긴 사람들이 장터에서 일을 하고, 보따리 장사를 하고, 해녀 일을 한다는 게 비현실적으로 느껴졌다. 게다가 그들이 쓰는 사투리는 얼마나 어색한지. '쯧쯧' 혀를 차고 말았다.

고등어 살을 발라 먹다 말고 툴툴거리며 "사투리 너무 어색하지 않아요?" 말을 꺼내려는데 막걸리를 드시던 삼춘이 먼저 말씀하셨다. "사투리도 참 잘하더라." 물론 제주도 사투리를 정확하게 구사하는 사람은 제주도 출신의 배우 고두심 씨뿐이지만, 다른 배우들 사투리도 충분히 듣기 좋다고 하셨다. 오히려 제주 젊은 사람들이 많이 쓰는 사투리를 잘 보여주는 것 같다고도 했다. 제주도 사투리로 말하면 못 알아듣는 경우가 많아서 그런가, 요즘 제주 사람들은 표준어와 사투리를 섞어 말하는 경우가 많다. 삼춘은 드라마에 등장한 사투리를 평가하기 전에 반가워했다.

정신이 번쩍 들었다. 나는 겨우 제주살이 10년여의 초짜 도민이고, 제주 사투리를 적당히 알아들을 줄만 알지 제대로 구사하지는 못한다. 그러면서 섣불리 평가하며 찧고 까불었다. 집으로 돌아와 〈우리들의 블루스〉를 정주행하기 시작했다. 이상하지. 그렇게 어색하게 느껴지던 사투리가 거슬리지 않았다. 마음을 바꾸고 나니 내용이 보인다. 〈우리들의 블루스〉에는 생선 가게 주인, 선장, 만물상, 은행원, 해녀, 상인 등 다양한 직업을 가진 사람들이 등장한다. 제주도를 배경으로 하는 드라마에서 주인공이 되어 본 적이 없는 직업이다. 늘 배경이거나 엑스트라였던 제주도와 제주 도민이 드디어 주인공이 되었다. 왜 삼춘들이 이 드라마를 좋아하는지 알 것 같다.

부석희 삼춘과 펑대리를 걸으면 삼춘은 장소를 옮길 때마다 말한다. "갑주." 표준어로 하면 "갑시다" 영어로 치면 "Let's go" 스페인어로 하면 "Vamos"이다. 우리 이제 다음 마을 이야기로 갑주!

평대리를 읽어 주는
부석희 삼춘

부석희 삼춘과 평대리를 걷는 동안 마치 평대마을을 배경으로 한 전래동화를 읽는 것 같았다. 동네 점방 삼거리가 주 무대인 하르방 삼총사의 비밀, 바다 배경의 에스파냐 상선의 보물 이야기, 염나니코지길과 신비로운 제주 마을 길 등 한 편한 편이 동화책 속 이야기 같아 놓칠세라 귀를 크게 열고 들었다. 마을을 읽어 주는 삼춘 목소리가 생생한 맛을 더해 어린 아이처럼 반짝거리는 눈으로 옆에 딱 붙어서 쪼그리고 앉아 이야기 하나라도 더 해 달라고 조르고 싶었다.

삼춘이 들려준 이야기는 모두 마을의 어르신들에게 직접 듣고 수집한 것이다. 마을 밖의 사람은 결코 들을 수 없는 아주 개인적이면서 동시에 마을의 역사를 담은 이야기. 부석희 삼춘은 마을의 큰 어르신들을 찾아가 옆에 앉아 오랫동안 묻고, 듣고, 모아서 마을을 찾는 사람들에게 들려준다. 마을

마다 부석희 삼춘 같은 사람이 딱 한 명만 있다면, 모든 마을은 동화가 될 수 있을 것 같다.

아름다운 풍경을 따라 마을을 찾은 사람들이 풍경 속 이야기를 듣고 나면 그 풍경이 유지되기를 바라게 된다. 부석희 삼춘이 마을을 지키는 방법이다. 풍경 속에 이야기를 담는 부석희 삼춘은 어떤 사람일까?

부석희 삼춘 자기소개 한번 해 주세요. 근방에서 가장 오지랖이 넓은 사람, 부탁받는 일이 많은 사람, 부탁받은 일들을 하다 보면 70퍼센트는 해결하고 30퍼센트는 해결을 못 하는데, 해결 못 하는 일로 욕을 듣는 사람. 나를 좋아하는 사람도 많지만 반대로 적도 생기기도 하지. 그래도 다행스러운 건, 이 마을에 어려운 일이 생길 때 그래도 나를 먼저 찾아 주더라고. 그런 재미가 너무 좋아. 오죽했으면 나 같은 사람한테 부탁을 하겠나, 싶고 해결할 때마다 기분이 좋아지지.

어떤 부탁이 많아요? 보통 사소한 일들이지 뭐. 할머니나 할아버지 집에는 손이 필요한 일이 많고, 제주에 정착하려는 사람들에겐 필요한 정보나 도움이 많아. '평대리에 살게 되면 부석희를 찾아가라, 그러면 풀릴 것이다' 하는 게 이 동네 속설이야.

평대리에서 태어나셨어요? 대학교 다니던 시절 말고는 계속 평
대리에서 살았지. 대학교 졸업식 날 졸업 사진만 찍고 뒤도 안
돌아보고 평대리로 도망 왔으니까. 제주도는 젊은이들이 떠나
는 동네인데, 나는 이십 대에 평대리로 돌아왔지. 마을은 늘
나를 키워 줬어.

수산리 삼춘도 마을이 키워 줬다는 말씀을 하셨어요. 평대리가
나를 키워 줬어. 하물며 고등학교 다닐 때까지 동네 할머니들
이 나한테 차비를 줬으니까. 나를 만나면 "밥은 먹었냐" 물어
봐 주시고.

삼춘이 지금 마을 일을 나서서 해결해 주시는 것도 그때 받으신 걸 갚는 의미도 있겠네요. 그런 게 있지. 어떤 집이든 편하게 들어가서 놀 수 있었어. 그런데 어떻게 보면 그게 나의 부모님과 할머니 덕이기도 하지. 동네에서 주목받던 집의 자식이었으니까. 어떤 집에 가도 때가 되면 밥 먹여 주는 줄 알고 살다 보니까, 이 좋은 곳을 버리고 다른 데 가서 성공할 자신이 없었지. 그래서 졸업식 날 사진만 찍고 바로 돌아왔는데 아버지한테 밥상으로 맞았어. 어쨌든 제주에서는 자식을 떠나보내야 성공이라고 생각을 하니까.

안 떠나는 것에도 용기가 필요했을 것 같아요. 마을에 홀로 남은 청년이니까 동네 사람들도 힘든 일이 있거나 하면 늘 나를 찾아왔지. 지금까지도 그래. 어릴 때부터 큰 목장을 가지고 거기에 사람들을 모으는 꿈을 갖고 있었어. 친구들이랑 농장, 목장에서 자연인처럼 사는 게 꿈이었지. 그걸 실현하는 데는 나의 마을이 가장 좋았어. 비록 지금 큰 목장을 갖진 못했지만.

비슷하게라도 꿈 가까이 계시는 거 아닌가요? 다행스러운 건 그거지. 거창한 꿈은 아니지만, 어릴 때부터 꿈꾸고 품었던 것들을 늘 해내고 있었다. 사람들한테 뜬구름처럼 이야기했던 나의 결심들을 어느 순간 가만히 보니 이루고 있었다. 그걸 알게 되고 너무 행복해졌지. 나는 집 한 칸 없이 사는 사람인데 행복해져 있어. 사소하지만 약속한 것들을 해낸 사람은 무조건 행복하다. 그걸 어느 순간 알아 버렸어.

뭔가를 쫓아가며 살다 보면 진짜 해야 할 것들을 잊고, 나중에 지나고 나서 공허해지는 경우가 많으니까요. 진짜 그래. 내가 어릴 때부터 꿈꿨던 들판의 결혼식도, 아버지하고 싸우고 결국 해냈어. 꽤 추웠던 3월 즈음 비자림 들판에 트럭을 끌고 가서 결혼식을 했어. '나는 들판에서 결혼식을 할 거야.' 주변에도 늘 말했고, 나 자신과 한 약속이었거든. 내가 그걸 해내고 있더라고. 이런 식으로 무수한 작은 결심을 이뤘지. 난 지금도 사람들에게 말해. 절대 자기가 가진 생각을 머릿속에만 담아 놓지 말라고. 다 입 밖에 내놓으라고. 예전엔 꿈이나 그런 것들 말하지 말고 숨기라고 그랬거든. 근데 숨기면 안 해도 그만이니까.

실패할까 봐 숨길 때도 있어요. 말해 놓고 못 지킬까 봐. 자기가 꼭 하고 싶은 일은 열심히 떠벌렸다가 시간이 걸려도 해낸다. 그래야 행복해진다.

평대리 마을 어르신들의 이야기를 수집하게 된 계기가 있나요? 마을 사업을 하려고 살펴보니까 당장 지금 꼭 해야 하는 일이 여럿 보이더라고. 그중에 가장 중요한 게 마을 사람들의 기억을 찾아내는 거였어. 왜 그런 결심을 했냐면, 어릴 때 할머니들하고 놀면서 들었던 이야기들이 나를 키워 줬거든. 그런데 나의 할머니 친구들이 다 돌아가셨어. 이 마을 어르신들이 돌아가시기 전에 가장 강렬했던 기억, 웃긴 기억, 재밌는 기억, 아니면 아픈 기억 하나씩만 꺼내 보자고 나섰어. 그때 처음 어르신을 만나 들은 이야기가 너무 강렬했던 거야. 그래서 큰일 났다 했지. 빨리 사람들을 만나야 한다, 하고 만나기 시작했어. 나는 동네 어른들하고 편하게 지내니까 이불 속에 같이 누워서 듣기도 하고, 커피 한잔 먹으면서 하염없이 앉아 있기도 하고, 어르신들이랑 한 공간에서 편하게 있다 보면 그동안 내놓지 못했던 아픈 것도 내놔. 내가 마을을 안내하면서 그런 이야기를 하는 이유는 풍경과 이야기가 겹쳐져 있어. 그래서 그걸 들려주는 거야. 그분들 입을 통해 나온 이야기를 나하고 만나는 많은 여행자들에게 전달해서 뭔가를 느끼게 만들고 싶어. '머무르고 있는 곳이 진짜 소중한 곳이다'라는 사실.

사람들한테 평대리를 소개해 주세요. 눈에 보이는 걸로 소개하자면, 대한민국 최고의 비자나무 숲이 있는 곳이고 예쁘고 소박한 바다가 있는 곳이라고 말할 수 있지. 나의 소개로 하면 '평대리는 편안한 곳이다'라는 거야. 평대리는 여행자들에게 살고 싶다는 느낌을 주는 마을이야. "지나가다 이 마을이 평대리라는 것도 모르고 왔는데 갑자기 편안해지더라"라고 말하는 사람들이 있어. 그리고 우리나라 어디나 해안사구가 거의 사라지고 있는데, 평대리에는 고스란히 남아 있어. 그 동산이 옆 마을에서 오는 바람도 막아. 대부분 사구들이 농토나 길로 변하면서 사라졌는데, 평대리에는 남아 있어. 인식 못하고 지나치는 경우가 많지만 사구 덕분에 마을이 더 포근하게 느껴지기도 하지. 평대리 해녀들은 40~50년 전부터 바다를 공유했어. 원래는 바다 구역이 나뉘어져 있었는데, 동네 사람들끼리 호미 들고 싸우니까 '안 되겠다' 하고 어느 날 공유하기로 결정했어. 남은 10킬로그램 잡아오는데 자기는 5킬로그램밖에 못 잡으면 너무 자존심 상하는 거야. 물에 빨리 들어가려고 남자들 앞에서 팬티만 입고 얼른 옷을 갈아입기도 했어. 그런데 어떤 마을보다 합의를 잘 이루어 내고, 바다를 공유하기 시작하면서 바다 전쟁이 끝났고 마을에 평화가 왔지. 사람들끼리 크게 싸우지 않는 마을이라고 늘 자랑해.

'마을을 지켜야 된다'라는 말을 많이 하잖아요. 마을을 지킨다는 게 어떤 의미일까요? 예전엔 개발이 안 된 곳이 허접한 풍경으로 여겨지기도 했는데 지금은 그게 가장 보기 힘든 풍경으로 변했지. 변하지 않은 마을을 사람들이 찾기 시작했어. 누군가

잘못 생각해서 예쁘게 변화시키겠다고 결심하는 순간 망가지는 건 금방이야. 어떤 사람들은 개발이 능사인 줄 알아. 하지만 머리를 약간 굴려 보면 지금 마을에 살고 있는 나의 처지가 그리 나쁘지만 않으면 이 좋은 환경을 계속 이어가면서 편하게 살 수 있어. 근데 그걸 빨리 알아차려야지. 나는 평대리 마을이 정원으로 보여. 높은 곳에서 마을을 내려다보면 정말 정원 같아. 마을 할머니들이 집 안 마당을 예쁘게 가꾸고 살아. 지금 모습 그대로 얼마나 아름다운지 몰라. 우리가 뭐 아쉬울 게 있나. 이미 충분히 남들보다 더 잘살고 있는데. 그걸 알아차릴 수만 있으면 오래 남는 마을이 되지. 누구나 찾아오는 마을이 되는 거야.

평대리 사람들은 예전부터 주로 농사일을 해 왔나요? 예전에는 거의 100퍼센트 농사를 지었지.

평대리가 전국 당근 수확량의 거의 과반수 이상을 생산하고 있죠? 1년 기준으로 따지면 60퍼센트 정도고 겨울에는 한 85퍼센트 정도 되지.

매년 당근 파치 주우러 많이 다녔는데 올해는 못 주웠어요. 이따 우리 밭에 들러 당근 가져가.

오며가며
들락날락

아끼는 마을 공간과 책방

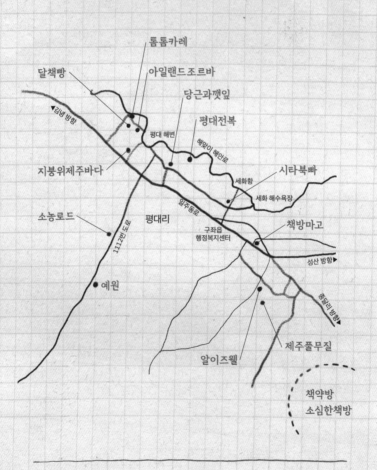

달책빵

톰톰카레

아일랜드조르바

당근과깻잎

평대전복

▲김녕 방향

평대 해변

해왓이 해안로

지붕위제주바다

세화항

시라북빠

세화 해수욕장

일주동로

소농로드

평대리

구좌읍
행정복지센터

책방마고

111번도로

성산 방향▶

● 예원

한라산 방향▼

제주풀무질

알이즈웰

책약방
소심한책방

당근과깻잎   제주시 구좌읍 평대7길 24-3

마을협동조합에서 운영하고 있는 카페로 부석희 삼춘의 손길이 많이 들어가 있는 곳이다. 카페 뒤에 있는 당근 밭에서 직접 유기농 당근을 재배해 주스를 만든다. 당근철에는 당근 수확 체험도 가능하다. 구옥을 그대로 살린 인테리어가 머무는 동안 마음을 편안하게 해 준다.

평대전복   제주시 구좌읍 해맞이해안로 1254-2

평대리 주민이 운영하는 전복 요리 전문점으로 평대 바닷가가 내려다보이는 곳에 자리 잡고 있다. 전복 돌솥밥, 전복 물회, 전복회, 전복 구이 등 전복으로 하는 다양한 음식을 합리적인 가격에 맛볼 수 있다.

예원   제주시 구좌읍 비자림로 2542

메뉴는 쌈밥정식과 접짝뼈국 두 가지. 정직한 재료로 요리하는 식당이라 마을 사람들이 자주 찾는다. 접짝뼈국은 제주 토속 음식 중 하나로 돼지 뼈를 푹 고아 낸 국물에 메밀가루를 넣어 끓여 걸죽하고 고소한 풍미를 지닌 음식이다. 제주에서만 쓰는 맛 표현 중 '배지근하다'라는 말이 있는데 접짝뼈국을 먹어 보면 '배지근하다'의 의미를 바로 이해할 수 있게 된다.

지붕위제주바다   제주시 구좌읍 평대2길 17

바다가 내려다보이는 옥상에서 맛있는 떡볶이와 튀김을 먹을 수 있는 곳. 부석희 삼춘이 '카페 같은 분식집'이라며 추천했다.

알이즈웰   제주시 구좌읍 세송로 43

10여 년 전 한동리에 처음 문을 연 알이즈웰이 영업을 종료했을 때 많은 동네 사람들이 아쉬워하고 다시 만나기를 기다렸다. 2023년 알이즈웰은 세화리에 다시 문을 열었다. 언제 가도 한결같은 시그니처 파스타들과 제철 제주 식재료로 만드는 시즌 메뉴들이 모두 정성스럽고 맛있다.

아일랜드조르바   제주시 구좌읍 대수길 9

평대리에서 가장 오래된 카페 중 하나. 유행에 따라 변하는 카페들 속에서 커피 맛 하나로 뚝심 있게 한자리를 지켜 오고 있는 곳이다. 공정 무역 원두로 직접 로스팅하며, 댕유자 에이드, 미숫가루 등 다른 음료에 들어가는 재료들도 모두 유기농, 제주산을 고집한다.

톰톰카레   제주시 구좌읍 해맞이해안로 1112

구좌 지역에서 난 당근과 감자 등으로 만든 구좌 야채 카레, 제주 표고버섯 등을 올린 버섯 카레와 인도식 콩 카레 등 카레만 판매한다. 혼자 가도, 어린이와 가도, 어르신과 가도 편안하게 식사를 즐길 수 있는 식당이다.

소농로드   제주시 구좌읍 비자림로 2615

제주 친환경 농부들이 직접 운영하는 팜카페. 당근, 귤, 단호박, 감자, 옥수수 등 제주에서 난 채소로 만든 음료와 음식을 판매한다.

달책빵   제주시 구좌읍 대수길 10-12

평대 해수욕장에서 걸어갈 수 있는 곳에 위치한 작은 책방. 평대리 마을 길을 걷다 보면 만날 수 있는 반가운 책방으로 전형적인 제주 구옥을 개조해 안거리는 베이커리 카페로, 밖거리는 책방으로 운영 중이다. 글쓰기 모임도 진행하고 책도 만들고 매일같이 빵을 굽는다.

시타북빠   제주시 구좌읍 평대13길 44

시집을 비롯한 문학 위주의 책들은 책방을 운영하는 함돈균 문학평론가가 직접 골랐다. 천정에 타이포그라피스트가 새긴 김수영 시인의 시가 적혀 있어 공간을 이색적으로 만들고 있으며 한편에선 패션 기획자가 직접 디자인한 옷도 판매한다. 전시회, 문학 워크숍을 주최하는 등 문화 공간 역할도 하고 있다.

책방마고   제주시 구좌읍 세화10길 12

지붕이 낮은 구옥을 그대로 살려 허리를 숙이고 들어가야 하는 아늑한 분위기의 책방이다. 제주와 관련된 책부터 에세이, 소설, 아트북까지 취향의 폭이 넓다. 좋은 취향을 가졌을 것이 분명한 책방지기와 제주와 책, 인생에 대한 대화를 하고 싶어지는 곳이다.

제주풀무질　제주시 구좌읍 세화합전2길 10-2

서울 명륜동 성균관대학교 앞에서 26년간 책방을 운영한 내공 있는 책방지기가 언제나 친절하게 맞아 준다. 다양한 책을 판매하고 있지만, 서울 풀무질의 색깔을 여전히 유지하고 있어 제주에서 인문사회과학 서적을 가장 많이 찾아볼 수 있는 서점이기도 하다. 여러 독서 모임을 주최하고 있어 이곳에는 책을 좋아하는 사람들이 모인다. 책방 옆에 카페 풀씨와 북스테이도 함께 운영 중이다.

책약방　제주시 구좌읍 종달로5길 11

'쓴 약 대신 달콤한 그림책'이라고 안내한 그대로 우리 마음을 위한 약 같은 좋은 그림책을 판매한다. 365일 24시간 열려 있는 무인 책방으로 종달초등학교 뒷골목을 언제나 밝히고 있다.

소심한책방　제주시 구좌읍 종달동길 36-10

소심한책방은, 제주에 작은 책방이 많지 않던 시절부터 종달리를 지키고 있던 책방이다. 오랫동안 사랑받는 책방에 가 보면 느껴지는 편안함이 있다. 천정이 높은 탁 트인 공간에 소설, 에세이, 그림책 등 하나하나 탐나는 큐레이션의 책들이 다양하고 풍성하게 꽂혀 있다.

수산리와
수산리

사라지지 않는 마을

🥔 두 수산리의 운명

포털사이트에 '수산리'를 검색하면 제주에선 성산읍 수산리와 애월읍 수산리 두 곳이 나온다. 성산읍 수산리를 다시 검색하면 '제2공항 개발 예정지' 관련한 부동산 업체 블로그 포스팅이 가장 많이 나온다. 제주 제2공항은 성산읍 신산리와 온평리 일대에 개발 예정인데 수산리 역시 바로 인접해 있다. 제2공항이 들어서면 성산읍 수산리, 고성리, 난산리, 온평리, 신산리에 모두 직접 영향을 준다. 제2공항에 대해 찬반 의견을 얹으려는 건 아니다. 다만, 마을에 대해 이야기하려면 제2공항 이야기를 빼놓을 수가 없다. 왜냐하면 어떤 마을은 공항이 생기면 사라지니까.

이미 도로 공사 같은 각종 개발로 인해 제주에서 많은 터전이 사라졌지만, 마을 일부가 통째로 사라지는 건 흔한 일이 아니다. 마을이 사라진다는 건 어떤 의미일까? 집이 사라지고, 큰길에서 집까지 이어지는 올레도, 수백 년간 마을을 지킨 나무도, 그 땅에 살고 있는 생명들도 사라진다. 마을을 둘러싸고 있던 크고 작은 숲과 습지도 사라진다. 운 좋게 자리를 옮길 수 있는 일부 생명들만 다른 지역에 흩어져 살게 될 것이다. 활주로만 남은 자리, 마을에 쌓여 있던 이야기들은 무사히 살아남을 수 있을까?

🥔 사라진 마을

사라지는 마을과 그럼에도 이어지는 것, 끝내 이어지지 못하는 것에 대해 생각하다 제주의 또 다른 수산리, 애월읍 수산리가 떠올랐다. 제주 삼춘들은 성산읍 수산리를 동수산리, 애월읍 수산리를 서수산리라고 부른다. 동수산리에서 차로 1시간을 넘게 달리면 닿는 서수산리에는 인공 저수지인 수산저수지가, 그 안에는 제주 유일의 수몰 마을이 있다.

제주는 현무암으로 이루어진 섬이라 물 빠짐이 좋아 논농사를 짓기가 어렵다. 그런데 서수산리에서 논농사를 지어 보고자 1959년에 저수지 공사를 시작했다. 마을에는 저수지 조성을 반대하는 목소리도 있었지만 공사는 강행되었다. 3년 동안 곡괭이와 삽으로만 땅을 파서 저수지를 완공했다. 저수지 자리에는 42가구의 집과 농지 8만 제곱미터로 구성된 마을이 있었다.

마을을 저수지로 만들었지만 결국 논농사는 성공하지 못했다. 1960년에 제주도 지하수 일호공이 생겨서 저수지 물은 상수도로도 사용되지 못했다. 필요해서 만든 저수지이지만 곧 쓸모없어졌다. 다시 메울지 말지 마을 내에서 의견이 분분했으나 지금까지 수산저수지는 그 모습이 유지되고 있다.

서수산리에 오는 여행자는 평화로운 풍경에 이끌리듯 저수지를 찾는다. 저수지가 내려다보이는 수산봉의 나무 그네는 촬영 명소가 되어 꽃이 피는 계절에는 줄을 서서 사진을 찍기도 한다. 수산저수지에서만 볼 수 있는 특별한 풍경도 있다. 드물게 날씨가 맑고 바람이 없는 날, 한라산이 저수지에 그대로 투영된단다. 제주에서 한라산이 물에 비치는 곳은 쇠소깍과 수산저수지 두 곳뿐이라고 한다. 처음 저수지를 만들 때는 예상하지 못했을 이 풍경은 한라산과 저수지가 있는 한, 계속 이어질 것이다.

지금 수산저수지를 보고 65년 전에 그곳이 마을이었음을 짐작하기는 어렵다. 수몰된 마을에 대해 떠올리며 쓸쓸해하다가 동시에 맑은 날 수산저수지에 비친다는 한라산의 모습이 궁금해졌다. 두 마음이 충돌하며 복잡한 기분이 된다.

이 이야기를 해 준 서수산리 양희전 삼춘은 최근 저수지 앞에 건물들이 지어져 아쉽게도 예전처럼 멋들어진 풍경을 보긴 어렵다고 덧붙였다. 그 건물에서 바라보는 저수지는 특별하겠지만, 그 건물로 인해 저수지의 풍경은 조금 뭉툭해졌다. 다시 한 번 쓸쓸한 마음이 든다.

서수산리와 동수산리는 이름만 같을 뿐 멀리 위치한 전혀 다른 마을이지만, 동수산리를 걸으며 자꾸 서수산리에 있는 수산저수지와 사라진 수몰 마을이 떠올랐다. 물론 성산읍 수산리는 사라지지 않았다. 천년 역사의 마을 수산리에는 1946년에 개교한 수산초등학교가 있고, 학교 주변으로 마을을 사랑하는 마을 사람들이 살고 있다.

📖 책방 무사는 알지만

수산리라는 마을 이름을 들어 본 사람이 몇이나 될까? 애월리나 월정리, 성산리, 위미리 등 여행자들에게 비교적 잘 알려져 있는 마을과 달리 수산리는 제주에 사는 사람들에게마저 조금 생경한 행정구역이다. 나는 수산리라는 이름을 '책방 무사' 때문에 처음 들었다.

"가수 요조가 제주도에 책방을 차린대."

"그게 성산읍이래."

"수산리래."

소문은 빨리 퍼졌다. 여행자가 잘 찾지 않는 마을에 책방을 차리다니, 조금 놀랍고 신기했다. 궁금증에 찾아간 책방 무사는 수산초등학교 길 건너편에 있었다. '책방 무사' 간판 대신 '(한)아름상회'라는 예전 간판이 그대로 걸려 있다. '한' 자는 절반 정도만 보이는 낡은 간판. 담배가게였다고 한다. 천장이 낮은 오래된 건물이다.

허리를 구부리며 들어간 책방 무사에서 천천히 책을 구경했다. 시집과 페미니즘 관련 책이 눈에 띈다. 작은 동네 책방에 오면 반드시 책을 한 권 이상 사려고 하는 편이다. 책방 주인의 장바구니를 들여다봤으면 한 권 사서 나오는 게 예의지. 게다가 큰 관심 없이 둘러보는 책장과 '한 권 꼭 사야지' 하는 마음으로 둘러보는 책장은 다르다. 좀 더 꼼꼼하게 꽂힌 책들을 둘러보게 되고, 그 경험은 나의 독서 그릇을 키워 준다. 시집 한 권을 꺼내 펼쳤더니, 어라, 면지에 '허은실' 저자 사인이 있다. 허은실 시인은 수산리에 살고 있다고 한다.

수산리의 책방 무사에서 수산리 시인 허은실의 시집 〈나는 잠깐 설웁다〉를 사서 나왔다. 책방 무사에 오길 잘했다. 책방이 생기고 얼마 후 바로 옆에 카페 '공드리'도 문을 열었다. 책방과 카페의 주인은 다르지만 바로 붙어 있어서 책을 사고 커피를 한잔 마시며 시간을 보내기 딱 좋다. 목적 없이 마을을 걷는 일도 참 좋지만, 그러다 호젓한 카페에 가서 커피를 마시고 작은 마을 책방에 가서 책을 사는 일도 좋다. 가능하면 마을과 닮은 공간이라면 좋겠지.

마을에 그런 곳이 있다면, 그 마을을 걸을 좋은 구실이 생긴다. 친구를 설득하기에도 좋지. "우리 책방 무사 갈래? 커피도 마시고!" 그러면 대부분 "좋아!" 하며 따라나선다. "수산리 마을을 걸을래?" 하는 것보다 효과가 좋다. 그러니까 이 글을 읽고 제주 여행 중 수산리에 가고 싶어졌다면, 일행을 설득하는 거다.

"책방 무사 갈래? 요조가 운영하는 곳이래. 그 뒤에 카페 공드리 당근 주스도 맛있다던데? 아, 거기엔 귀여운 강아지 아름이도 있대!"

하지만 고백하자면, 책방 무사를 여러 번 가는 동안에도 나는 수산리 마을을 걸을 생각을 하지 못했다. 관심이 없었다는 말이 맞을 것 같다. (참고로 책방 무사는 2024년 9월 운영을 중단했다.) 근처에 있는 베이커리에서 빵을 사고, 국수집에서 국수를 먹었다. 그리고 곧장 차를 타고 다른 마을로 향했다. 그러다 어느 날 제주착한여행 마을 투어를 통해 수산리를 방문하게 된다. 어, 내가 이미 여러 번 다녀온 마을인데, 그 마을에 여행할 '거리'가 있다고? 바다도 없고, 유명한 관광 포인트도 없는 마을에 대해 딱히 호기심이 생기지 않았다. 조금 시큰둥

한 마음으로 투어에 참가했다.

수산초등학교를 졸업한 오은주 삼춘이 마을을 안내해 주었다. 투어 시작 때 나는 앞장서서 걷는 삼춘과 멀리 떨어져 일행 중 맨 뒤에서 어슬렁거리며 쫓아갔었는데 얼마 지나지 않아 삼춘 바로 옆에 붙어 걷고 있었다.

나는 대체로 혼자 걷는 편을 선호하지만, 가끔 그렇지 않은 경우도 있다. 수산리가 그렇다. 수백 번 혼자 걷는 것보다 한 번 삼춘과 함께 걷는 게 낫다. 삼춘은 눈을 반짝거리며 나고 자란 고향 마을 수산리를 안내했다. 마치 친한 친구가 나에게 고향 마을을 구경시켜 주는 것 같았다. 어디서도 들을 수 없는 친구의 소중한 이야기를 놓칠 수는 없지. 삼춘이 해 주는 이야기에 푹 빠져서 수산리를 걷다가 '나는 왜 수산초등 학교를 나오지 않았지!' 하는 황당한 아쉬움이 들었다. 그 추억 속에 함께 있고 싶다는 욕심이 든다. 수산리의 매력에 제대로 빠졌다.

🍠 그냥 담이 아니고 진성

수산리 여행은 수산리 천년의 역사를 품고 있는 수산 초등학교에서 시작된다. 수산초등학교는 1946년에 개교했다. 80년 가까이 된 수산초등학교가 어떻게 길고 긴 수산리의 역사를 담고 있을까? 수산리를 안내하는 오은주 삼춘의 이야기에 귀를 기울일 시간이다.

오은주 삼춘은 수산초등학교를 졸업했다. 그뿐 아니라 삼춘의 가족들 모두 수산초등학교 졸업생이다. 부모님부터 시작해서 1남 4녀 다섯 형제가 모두 수산초등학교를 다녔단다. 아버지가 8회 막냇동생이 42회 졸업생이다. 사실 학부모나 학생이 아니고서는 초등학교 안에 들어가는 건 상당히 조심스럽다. 외부인의 출입을 엄격하게 제한하는 학교도 많다. 온 가족이 수산초등학교를 나온 졸업생과 함께하니 어깨를 쭉 펴고 교문으로 당당하게 입장할 수 있었다.

학교에 들어서자마자 가장 먼저 눈에 들어온 건 운동장에 있는 토종 백동백나무다. 도시의 겨울을 상징하는 색이 검정과 흰색, 회색이라면 제주의 겨울을 상징하는 색은 주황과 빨강이다. 주황빛 귤나무와 붉은 동백나무는 어딜 가나 흔하게 볼 수 있다. 하지만 제주에서 보이는 동백은 대부분 외래종이다. 의외로 토종 동백나무는 드물다. 특히나 하얀 토종 동백꽃은 거의 본 적이 없다. 토종 백동백은 수산초등학교의 교화라고 한다. 참 멋진 교화를 가졌네.

초등학교 담도 무척 인상적이다. 여느 학교에서는 볼 수 없는 현무암 돌담이다. 유난히 두툼하고 튼튼해 보인다. '제주도 초등학교라 역시 돌담인가?' 하며 우리 동네 초등학교를

떠올려 봤는데 이런 돌담은 아니다. 이 담은 수산초등학교의 담이기도 하지만 사실 학교보다 훨씬 먼저 만들어졌다. 조선시대에 쌓은 수산진성이다. 1946년에 개교하며 학교 담으로 삼았지만, 이미 500년 이상의 역사를 가지고 있는 셈이다.

진성 이야기를 잠깐 하고 가자면, 제주에는 조선시대에 건립된 명월진, 모슬진, 별방진, 서귀진, 애월진, 조천진, 차귀진, 화북진, 수산진 9개의 진성이 있다. 동쪽에서 침입하는 왜구에 대비하려 만든 성이다. 다른 진성은 모두 해안가에 있는데 수산진성은 중산간에 있다는 점이 특이하다. 1493년(세종 21년)에 축조되었고, 임진왜란 때 성산으로 잠시 이설되었다가 1599년(선조 32년)에 다시 수산리로 복원되었다. 일제강점기까지 성 안에 민가가 있었으나 해방 이후 수산초등학교가 개교하면서 주민들은 성 밖으로 나가 살게 되었다.

9개의 진 중에는 명월진이 가장 크고 수산진성은 세 번째 정도로 성 둘레는 352.71미터이며 축조 당시 높이는 5미터에 가까웠다. 하지만 지금 남은 수산진성 높이는 약 2미터로 성인 키보다 조금 높다. 4·3사건 때 4·3성을 쌓느라 수산진성의 돌을 사용했고, 그 이후에는 밭담과 과수원 담으로 쓰여 많이 낮아졌다. 그렇지만 학교 담이라 이나마 보존이 가능했다. 마찬가지로 학교 담으로 사용하는 애월진성을 제외한 대부분의 다른 진성들은 돌을 죄다 가져가 흔적이 거의 남지 않았다. 학교로 사용해 원형이 잘 보존된 덕분에 수산진성은 문화재로써의 가치가 높다. 실제로 2005년에 제주특별자치도 기념물 제62호로 지정되었다.

제주에 남아 있는 옛 군사 시설은 진성 외에 봉수와 연대도 있다. 봉수는 오름과 산, 연대는 바닷가에 있는 군사적 통신 시설이다. 적의 침입 등 위급한 일이 생겼을 때 낮에는 연기를 밤에는 횃불을 사용하여 주변에 빠르게 연락하던 역할을 했다. 수산진성은 절경이 아름답기로 유명한 섭지코지에 있는 협자연대, 그리고 대수산봉의 수산봉수와 긴밀하게 연결되어 있었다.

그 외에도 진성이 잘 보존되어 있는지 보려면 세 가지를 살펴봐야 한다. 첫 번째는 '해자'로 성 바깥에 설치하는 방어용 도랑이다. 1차 방어선 역할을 했다. 도랑은 물을 채워 적의 접근을 막는 기능을 하는데, 물이 고이지 않고 빠져나가는 제주 토양 특성상 가시가 뾰족하고 억센 탱자나무를 촘촘히 심기도 했다고 한다. 두 번째는 '치성'이며 입구에 중문처럼 담을 한 번 더 두른 형태로 적을 방어하는 기능이다. 그리고 마지막은 담 위의 구멍인 '여장'이다. 왜구와 싸울 때 숨어서 공격할 수 있는 틈을 말한다. 수산진성에는 예전에 성문이었던 흔적 서문옹과 동문통이 양쪽에 남아 있고, 서쪽과 북쪽에 치성 일부가 남아 있다.

진성에 대한 설명을 듣던 중 오은주 삼춘의 어린 시절 이야기가 나왔다. 진성의 소중함을 몰라서 진성 위에 올라가서 친구들과 소꿉장난을 하고 놀았다고 했다. 제주의 역사가 마을의 일상으로 들어오는 순간이다. 적의 침입을 막는 것도 진성의 역사이지만, 어린이들의 놀이터로 활용되던 추억 역시 진성의 역사 중 하나겠지. 짜릿한 기분이 들었다. 지금 나는 진성 옆을 걷고 있다. 나의 걸음도 모래알 한 알 만큼이지만 진성의 역사에 들어갈 수도 있겠다고 생각하니 발걸음 하나 내딛는 데도 조금 신중하게 된다.

학교에서 보낸 어린 시절 추억이 연달아 떠올랐는지 학교 안 구슬잣밤나무 위에 올라가서 놀기도 했다고 이야기하는 오은주 삼춘 얼굴에서 미소가 떠나지 않는다. 지금은 무척 큰 나무지만 삼춘이 어렸을 때는 훨씬 작아서 키가 작은 어린이도 올라가기 어렵지 않았다고 한다. 키 작은 나무가 제주의 태풍을 견디며 무럭무럭 자라고, 그 나무를 오르내리던 어린이가 무사히 삼춘이 된 시간이 기적처럼 느껴진다. 아무 것도 당연한 건 없지. 나무와 학교와 삼춘의 지난 시간이 순식간에 눈앞에서 흘러간다. 그 추억 속에는 오은주 어린이를 지켜 주던 진성이 언제나 든든한 배경으로 존재할 것이다.

수산리는 수산1리와 수산2리로 나뉘는데, 예전에는 수

산2리 아이들을 고자피(곶앞) 아이들이라고 불렀다고 한다. 수산2리에 곶자왈이 있기 때문이다. 제주 고유어인 곶자왈은 원시림을 말하며 숲을 뜻하는 '곶(곶)'과 덤불을 의미하는 '자왈'이 합쳐진 단어다. 용암지대에 만들어진 곶자왈은 제주의 생태계를 그대로 담고 있는 제주만의 특별한 숲이다.

곶자왈이 있는 수산2리에는 고사리가 많았다고 한다. 봄이면 수산리 뿐만 아니라 중산간에 웬 차들이 줄줄이 도로가에 주차한 모습을 볼 수 있다. 대부분 고사리꾼들이다. 곶자왈은 경작이 불가능한 땅으로 알려져 있고 개발이 되지 않아 찾는 사람이 많지 않다. 고사리에게는 천국인 셈이다.

현무암 지대로 이루어진 제주는 물이 귀해서 주로 용천수가 나는 바닷가에 마을이 형성되었는데, 예로부터 물이 많은 수산리에는 일찌감치 사람들이 모여 살았다. 그래서 수산리는 제주의 중산간 마을 중에서 역사가 오래된 편이다. 현재 수산초등학교 앞 주차장 자리부터 큰길까지 성앞못이라는 습지가 있었단다. 마을 사람들은 성앞못에서 목욕도 하고, 겨울에 물이 얼면 썰매도 탔다. 수산리에는 천연 자원의 보고인 습지가 많다. 기록에는 27개가 있었다고 전해진다.

진성을 지나 운동장을 가로질러 좀 더 학교 건물 가까이로 다가갔다. 학교 뒤편엔 무엇이 있을까? 육지 사람들은 짐작하기 어렵지만, 제주 사람이라면 쉽게 맞힐 수 있다. 정답은 귤

밭. 그 시절 학생들은 다 같이 귤나무를 가꾸었단다. 귤밭에 잡초가 자라지 못하도록 겨울이면 땅 위에 짚을 덮었는데 학생들이 각자 집에서 필요한 짚을 챙겨오도록 숙제를 내주었다. 부모님이 짚을 모아 어깨에 단단히 메주면 학생들은 그걸 등에 지고 등교를 했다. 저 아래 사는 수산2리 고자피 어린이들은 학교까지 30분 넘게 걸어야 했고 그러다 길에 짚을 흘리는 경우도 많았다. 얌전한 친구는 집에서 챙겨 준 그대로 들고 왔지만, 까부는 성격의 친구는 어깨에 풀이 하나도 남지 않았다고 말하며 오은주 삼춘은 어린아이처럼 웃었다.

이런 시시콜콜한 걸 다 기억하는 삼춘은 아마, 챙겨 준 그대로 들고 오는 어린이가 아니었을까? 이 이야기를 듣는 나도, 하나도 흘리지 않기 위해 한눈팔지 않고 조심조심 등교를 하는 어린이에 속했다. 짚을 흘리고 오는 어린이를 흘겨보면서도 내심 부러워하던 어린이. 선생님과 부모님 말씀을 잘 듣는 얌전한 어린이였지만 그 시절 내 마음에는 항상 파도가 쳤다. 사실 나는 지금도 짚이 뭔지 잘 모르겠는 도시 사람이고, 어릴 때도 도심에 있는 학교를 다녔지만 삼춘의 이야기를 듣는 동안 내 어린 시절에 대한 기억이 파도처럼 밀려왔다.

수산초등학교는 급식 시범학교라 그 시절부터 급식을 먹었단다. 메뉴는 늘 국수. 그래서인가 지금도 삼춘은 국수를 좋아하지 않는다 했다. 어디서도 들을 수 없는, 어떤 책에서도 읽은 적 없는 이런 이야기가 나는 몹시, 몹시 좋았다. 그날 수산리 여행이 끝난 뒤 삼춘이 고른 점심 메뉴는 고등어 백반이었다. 이 이야기와는 관련이 없는 이야기지만 수산리엔 '면맛에 입맛이 좋아'라는 재미있는 이름의 국수집이 있었다. 닭국수와 김밥이 일품이었는데 지금은 문을 닫았다. 얼마 전 수산리에 다시 갔다가 가게 간판이 바뀐 걸 보고 얼마나 아쉬웠던지. 이토록 시시콜콜한 이야기까지 써도 되나. (재밌지 않나요?) 수산리 얘기를 하다 보니 조잘조잘 나도 말이 많아진다.

🍠 진안할망당에 빈 소원

학교 뒤편 감귤밭을 지나면 '진안할망당'에 닿는다. 말 그대로 '진' 안에 있는 할망당이란 뜻으로, 성 내부 북북동쪽에 위치해 있다. 할망은 할머니라는 뜻으로 제주에서는 '여신'의 의미로도 사용한다. 할망당은 바닷가나 동굴 등 제주 곳곳에서 만날 수 있는 신당으로 제주의 여신 숭배를 보여 주는 장소다. 그런데 할망당이 왜 수산진성 안에 있을까?

진안할망당에는 슬픈 전설이 있다. 수산진성을 쌓으라고 명령이 떨어지자 집집마다 부역을 나갔다. 그런데 기술이 부족해서 쌓으면 무너지고 또 쌓으면 무너졌고 마침 수산리를 지나던 한 스님이 여자아이를 제물로 바치면 된다고 말했다. 사람들은 처음에는 말도 안 되는 소리라며 흘려들었다고 한다. 그러던 어느 날 마을에 자식 넷을 키우고 있던 홀어머니가 "죽지 못해 사는데 부역도 못 하니 애를 데려가라" 했다. 그 여자아이를 진성에 제물로 바친 후 성이 순조롭게 잘 지어졌다는 이야기가 전해진다. 에밀레종이라 불리는 성덕대왕신종 전설과 비슷하다. 문제는 그 이후, 밤이면 진성에서 계속 아이 울음소리가 났다고 한다. 동네 사람 하나가 제사를 지내고 남은 잿밥을 가져다주었더니 그제야 울음소리가 그쳤다는 전설이다. 이를 계기로 진성에 아이의 혼과 넋을 달래는 신당을 만들었고 그게 할망당으로 이어진다. 지금도 마을 사람은 때마다 제를 지내고, 진안할망당에 소원을 빈다.

진안할망당은 특히 관운에 영험하다고 알려져 있다. 국회의원 선거에 출마한 도내 한 후보의 어머니가 이곳에 다녀갔다는 이야기도 있다. 혹시나 관운을 빌려 진안할망당에 가려는 분들이 있을까 싶어 알려주는 건데, 반드시 자시(밤 11시~새벽 1시)에 가야 영험하단다.

진안할망당까지 가는 길은 조금 험하다. 덩굴이 얼기설기 나 있고 한 사람이 겨우 지나갈 만한 좁은 외길 당올레를 지나야 해서 낮에도 발걸음을 주의하며 걸어야 한다. 오은주 삼춘은 "구덕을 메고 손을 앞으로 공손히 하고 지나야 했다"고 말했다. 신에게 바칠 음식을 구덕에 챙겨 어깨에 짊어지고

는 손을 앞으로 하고 기도하는 마음으로 그 길을 걸었을 수많은 사람들을 떠올리며 몸도 마음도 다소곳하게 가다듬으며 걸었다.

진안할망당에 도착하자 오은주 삼춘은 하얀 소지를 건넸다. 소지란 소원지를 말한다. 보통 육지에서는 오방색 소지에 소원을 적고 그것을 나뭇가지 등에 묶어 소원을 빈다. 그런데 제주에서는 소지에 글을 쓰지 않는다. 그 이유에 대해 삼춘은 "나의 모든 마음을 담기 위해서"라고 말했다. 실은 당올레를 걸을 때부터 이미 몇 가지 소원을 떠올리고 있었는데 그 마음을 들킨 것 같았다. 서둘러 마음속에 어두운 것들을 지우고 밝은 소망만 남겼다. 소지에 마음을 얹고 돌 사이에 끼운 뒤 소주를 뿌렸다.

모든 마음을 담으라고 했는데, 결국 소원을 특정하고 말았다. '오래오래 좋은 글을 쓸 수 있는 몸과 마음, 그리고 평화를 주세요.' 글로 관직을 얻을 수 있다면 참 좋겠다고도 생각했지만, 너무 대낮이라 그 소원까지 이루어달라고 하기에는 염치가 없다. 하지만 자시에 다시 올 용기는 없다.

당올레를 걷고, 진안할망당에 들어서는 동안 마음이 경건하게 씻긴 느낌이었다. 이 마음을 기억하고 싶어서 진안할망당 사진을 찍어도 되냐고 물으니 삼춘은 "발걸음이 많으면 좋아한다고 들었다. 괜찮다"고 하셨다. 진안할망당은 제2공항이 생기면 사라진다. 그때가 기어코 온다면 진안할망당에 모인 소원들은 어디로 갈까. 이곳을 거쳐 관직에 오른 사람들은 소원을 빌던 그 마음을 모두 잊은 걸까.

제2공항이 들어서면 활주로 끝에서 겨우 800미터 떨어진 자리가 수산초등학교다. 한 학년에 70명이던 수산초등학교는 이제 전교생이 78명에 불과하다. 2011년 수산초등학교는 한차례 폐교 위기를 겪었다. 그때 제주를 떠나 육지에서 살거나, 해외에 거주하는 수산리 출신 선후배들이 모두 십시일반 돈을 모았고, 그렇게 모은 13억 원으로 16세대가 살 수 있는 공동 주택을 지었다. 학교에 입학하는 조건으로 집을 저렴하게 빌려주었고 덕분에 학생 수가 다시 늘어 학교를 지킬 수 있었다. 현재 수산리의 노인 인구는 200여 명. 오은주 삼춘은 어르신들 모두 살던 곳에서 죽고 싶어하신다고 덧붙였다.

🥔 수산리를 걸었다

수산초등학교를 나와 수산리 마을길을 걷다 크고 평평한 돌 두 개를 발견했다. 부부석이라고 한다. 돌에도 이야기가 있다. 어느 날 돌 하나가 떠내려와 수산리 상동에 자리를 잡았단다. 이후 자꾸 멀리서 우는 소리가 나서 보니 옆 마을 천외동에 다른 돌이 있었다. 서로 그리워 울고 있었던 것. 둘을 만나게 해 주기 위해 어떤 돌을 옮기느냐 싸우다가 결국 상동이 이겨서 천외동에 있던 부인석을 남편석 옆으로 옮겼다고 한다. 옆에 있던 조다은 삼춘이 추임새를 덧붙인다. "지금도 상동이 세!" 듣고 있던 사람들이 다 같이 깔깔 웃었다. 조다은 삼춘은 수산초등학교 바로 근처에 사신다. 함께 수산리를 걷는 동안 만나는 집집마다 그곳에 계시는 삼춘들과 인사를 하셨다. 나도 옆에 있다가 같이 여러 번 고개 숙여 인사했다.

부부석 옆에는 시비가 있다. 시 제목은 '활주로의 북쪽' 오은주 삼춘은 시를 읽기 전에 "제가 이상하게 이 시를 읽을 때마다 울컥해서 다 못 읽을 때가 많아요. 이번에는 울지 않고 읽어 볼게요"라고 말씀하셨다. 하지만 정확히 두 번 울컥하셨다. 그때마다 나도 함께 울컥했던 건 비밀로 해야지.

활주로의 북쪽

- 오창현, 김일영(성산읍 수산리민)

나는 오래된 마을의 심장입니다
아이들의 노래와 웃음소리
골목들로 퍼져나가면
마을에는 봄이 오고

꽃들이 피었습니다

운동장을 둘러싼 나무들과 함께
아이들은 자랐습니다
엄마가 되고 아빠가 되어
아이들과 함께 다시
돌아왔습니다.
싱싱한 노래와 웃음소리
교실과 운동장에 차오르면
마을에는 다시
봄이 찾아오고는 했습니다

그렇게 살아온 것처럼
그렇게 살아갈 줄 았았습니다
비행기의 소음이
노랫소리를 지우고
웃음소리를 지우고
아이들마저 하나 둘 지워갈 때
마을의 심장은 멈추고
아이들은 다시 돌아올 수 없습니다
나는 성산읍 수산초등학교입니다

활주로의 북쪽입니다
수천 명의 아이들을 길러 낸
오래된 마을의 심장입니다
부디 저와 저희 마을을 지켜주세요
정직하게 살아온 마을 사람들
여름에는 보리 베고
가을에는 무 심고
겨울에는 밀감 따며
살아온 것처럼 살 수 있도록
힘을 주세요.

감귤같이 예쁜 아이들
건강하게 키우고
늙은 부모 모시며
천년을 살아온 것처럼
그렇게 살아갈 수 있도록 힘을 주세요.

나는 성산읍
수산초등학교입니다
활주로의 북쪽입니다.

마침 이 시를 쓴 오창현 시인이 트럭을 타고 옆을 지나갔다. 그는 수산1리 청년회장이기도 하다. 반갑게 인사를 하더니 트럭 뒤에 실려 있던 초당옥수수 모종을 일행들에게 나눠 주었다. 나도 덩달아 여러 개 받아다 집 마당에 심었다. 그래서 잘 키워서 먹었느냐고? 대실패였다. 단 하나의 옥수수도 수확하지 못했다. 물을 적게 준 탓인 것 같다. 하지만 옥수수가 자라는 내내, 볼 때마다 수산리를 떠올릴 수 있어 좋았다. 조천읍 대흘리 나의 집 마당에 성산읍 수산리를 심고 돌보던 그 여름을 나는 결코 잊지 못할 것 같다.

🍠 4·3사건의 흔적

수산초등학교에서 시작한 수산리 마을의 여행은 수산1리 사무소에서 마무리되었다. 수산1리 사무소 뒤에는 마을 비석이 여러 개 있다. 모두 4·3사건과 관련된 비석이다. 성산읍 12개 마을 중에 수산리의 4·3사건 피해가 가장 심각했다. 신고된 희생자가 133명이고, 일가족이 몰살되었거나 드러나지 않은 사람을 더하면 훨씬 많을 것으로 추정된다.

오은주 삼춘은 친할아버지가 4·3사건 때 돌아가셨고 외할아버지가 한국전쟁 때 돌아가셨다고 한다. "두 과부가 한마을에 살다가 그 자식들이 결혼해 제가 태어났어요"라는 삼춘

말씀에 나도 모르게 입술 끝을 내리며 조금 안타까운 표정이 되었나 보다. 삼춘은 '그땐 다들 아버지가 없었던 터라 부재를 느끼지도 못했다'고 어머니 아버지께서 늘 말씀하셨다고 덧붙였다.

4·3사건이 피부에 와닿지 않을 때가 많았는데, 이 이야기를 듣고 와락 실감이 났다. 한집안에만 있었던 특수한 불운이 아니라 한마을이 다 함께 겪은 일이다. 제주는 4월 3일 전후로 돌아가신 분들이 많아서, 그 즈음에 제사를 지내는 집안이 많다는 이야기를 들었을 때도 비슷하게 제주의 비극을 실감했다. 제주도 전체가 겪은 일이면서 동시에 집안 하나하나가 겪은 비극이다. 4·3사건 때 중산간 마을이 피해가 심했던 건 당시 다들 산으로 피신해서 그렇다. 특히 서북청년단 주둔소가 성산에 있었고 경찰서까지 거리가 가까워서 수산마을이 방어선 역할을 했다고 한다. 수산리에서는 1948년 말에 가장 많은 희생자가 발생했다. 아…… 그렇다면 수산리는 연말에 제사를 지내는 집안이 많겠다.

오은주 삼춘은 최용양 경위 공덕비 앞에 멈춰 서서 이에 얽힌 이야기를 들려주었다. 최용양 경위는 1949년 1월부터 10월까지 수산 관리로 머물렀다. 마을의 평화를 유지시켰다고 기록에 남아 있지만, 실상은 그렇지가 않았단다. 공덕비는 최용양 경위의 임기 중간 5월에 세워졌다. 정말 좋은 일을 했다면 그가 떠난 후 사람들이 기리며 공덕비를 세웠을 테다. 임기 중간에 세워진 공덕비에는 부디 마을 사람들을 해치지 말아 달라는 애원이 담겨 있다.

최용양 경위가 살았던 마당에서는 역사에 기록되지 않은 수많은 일이 있었다고 전해진다. 이건 진안할망당의 전설과 다르다. 최용양 경위를 경험한 사람들이 여전히 수산리 마을에 살고 있다. 이 이야기를 듣지 못했다면 순수 공덕비로 오해하며 감사 인사를 드렸을지도 모르겠다. 최근 청년회에서 이 비석을 없애는 문제를 논의했다고 한다. 4·3사건 평화재단에 물어보니 그 나름의 의미가 있으니 그냥 두어도 좋겠다는 의견을 주었다. 공덕비를 그대로 두고 옆에 이런 역사에 대해 알리는 안내판을 두고 싶지만, 그 일을 겪은 어르신들이 여전히 마을에 계시니 트라우마 때문에 그것도 어려운 실정이다.

오은주 삼춘이 나누어 준 추억은 어떤 건 무거워 마음을 숙연하게 만들었고, 어떤 이야기는 가볍고 귀여워 한없이 즐거웠다. 다크 투어이면서 동시에 브라이트 투어(이런 용어는 없는 것 같지만)였던 수산리 여행을 마치고 집에 돌아와 책상 앞에 앉아선 이 이야기를 누가 궁금해 할까, 생각했다. 여행자들이 과연 수산리 마을을 궁금해 하고 찾아올까? 이 마을 이야기를 과연 나는 글로 옮길 수 있을까? 가장 제주스러운 이야기이지만 여행자들이 기대하는 제주와는 조금 거리가 있는 게 아닐까?

그런데 이상하지. 삼춘이 해 준 이야기들은 결코 잊혀지지 않고 계속 떠올랐다. 친구들을 만나면 삼춘에게 들은 이야기를 하나씩 꺼내 놨다. 그때마다 귀가 커지고 눈이 동그래지는 친구들의 표정을 보는 게 좋았다. 수산리 주민도 아니면서 조잘조잘 수산리 이야기를 하고 있는 나를 발견했다.

남들이 다 아는 관광지 제주에 남들이 모르는 나만의 마을이 있다. 글을 쓰다 보니 또 수산리가 그립다. 내일은 수산리에 다녀와야지. 목적은 없다.

속닥속닥
남은
수다

수산리를 읽어 주는
오은주 삼춘

오은주 삼춘에게 수산리 이야기를 더 듣고 싶다고 연락했다. 우리는 마주앉아서 시간 가는 줄도 모르고 제주와 수산리에 대해 끝없는 이야기를 나누었다. 삼춘과 대화를 나누며 친해진 만큼 수산리를 더 이해할 수 있게 되었다. 그 대화의 일부를 소개한다. 이 글을 읽는 모든 사람들이 수산리와 친해졌으면 좋겠다는 마음으로.

삼춘 자기소개 해 주세요. 1969년에 성산읍 수산리에서 태어나서 제주에서만 살았죠. 제주를 떠난 적은 없어요. 제주에서 대학교까지 나왔고, 결혼도 여기서 했어요. 중학생 때까지 16년을 수산 살다가 고등학생 때 제주시로 유학을 갔어요.

수산리를 안내하게 된 계기가 있다면요? 마을이 나를 키워 줬

어요. 외가 친가가 모두 수산초등학교 아랫동네예요. 그 시절 길을 걷다 만나는 사람들이 다 친척이었어요. 이모고, 삼촌이고. 저 어릴 때 기억에 안아 줬던 사람들이 많았다는 기억이 있어요. 어딜 가도 사람들이 머리를 쓰다듬어 주고 그랬어요. 어딜 가도 "어디 감시, 밥은 먹었샤?(어디가? 밥은 먹었어?)"라며 챙겨 주는 사람들 속에서 살았던 것 같아요.

혹시 그게 싫었던 적은 없으세요? 익명성이 보장되기를 바라는 사람은 싫을 수도 있을 것 같은데 저한테는 어릴 때부터 아주 자연스러운 거였어요. 동네 골목에서 놀다가 이 집 저 집 편하게 놀러 가고, 다른 집 마당에서 고블락(숨바꼭질) 하면서 놀았던 기억도 나요. 제가 외가에서 제일 큰딸이거든요. 어머니도 큰딸이었고요. 그래서 유난히 예쁨을 많이 받았던 것 같아요. 마을이 나를 키워 줬구나. 동네 사람들이 나를 키워 줬구나. 이 생각을 많이 해요. 예쁨 받고 자란 기억이 내 정신 안에 깃들어서 나를 되게 안정시켰어요. 그 덕에 자신감 있게 자존감을 가지고 삶을 살아온 것 같아요.

그래서 마을을 안내하기 시작하신 건가요? 저는 원래도 수산리 가는 거 좋아했어요. 그땐 친정이니까 좋아서 자주 다닌 건데, 제2공항 발표하고 마을이 없어질 수도 있겠다는 생각이 들면서 내가 마을을 위해 뭔가를 해야겠다는 마음을 가지기 시작했죠. 제가 가장 잘할 수 있는 부분이 마을 소개하는 거였어요. 내 목소리로 이야기하고 싶었어요. '수산마을에 가니까 너무 좋더라.' 이런 말들이 한 사람 한 사람에게 나오고 전해지고 알려지기를 바라는 마음. 마을을 사랑하는 사람이 더 많아져야 지킬 수 있어요. 그래서 수산마을에 대해 공부하기 시작했어요. 어릴 때 초등학교 담 위에서 놀 때 거기가 수산진성 문화재라고 알려 준 사람이 없었거든요. 마을에 대해 몰랐던 이야기가 많아서 다시 공부를 해야 했어요. 그런데 그 공부 속에 내가 기억하는 마을의 옛날 모습이 남아 있잖아요. 학교 앞에 여기가 옛날에 점방이었고, 거기서 어묵을 팔았고 그런 기억이 있으니까 이야기할 수 있는 게 많죠. 제가 다른 마을 사람이었으면 하지 못했을 이야기들이 있어요. 제가 살던 동네고 다녔던 학교니까 학교 앞에 얼음이 얼었고, 거기서 썰매를 탔던 이야기도 할 수 있는 거죠.

그래서 저는 너무 재밌었어요. 미처 해 주시지 못한 이야기가 있다면 더 해 주세요. 음, 수산은 습지 마을이에요. 수산리가 천 년이 된 거는 물이 많아서 그런 거거든요. 물 수水자를 써요. 수산리에 습지가 스물일곱 개나 있었다는 기록이 있더라고요. 제가 아는 건 열 몇 개였는데, 매립으로 이젠 예닐곱 개 남았죠. 그래도 많이 남아 있는 편이라고 해요. 그중에 수산한못은 이제 워낙 유명해졌죠. 요즘 사진 찍으러 젊은 여행자들이 피크닉 가방 들고 많이들 소풍을 오더라고요.

그렇게 사진 찍으러 예쁜 풍경을 찾아오는 여행자들에 대해서는 어떻게 생각하세요? 저는 나쁘지 않다고 생각해요. 그것도 제주의 모습 중 하나잖아요. 그 풍경을 망가뜨리지 않는 한 소비해도 괜찮아요. 그런데 어느 날 아침에 수산한못에 갔는데 커플이 텐트를 치고 자고 있더라고요. 그건 제가 되게 뭐라고 했어요. 야영하다 보면 오염이 될 수밖에 없으니까요. 아무튼

오소록해서 많은 사람들이 찾아요. 오소록하다는 게 뭔지 아세요?

많이 들었는데! 느낌은 알아요. 으슥하고 고요하다, 뭐 그런 뜻이에요. 누구나 남들 많이 가는 곳보다 안가는 예쁜 곳에 가고 싶잖아요. 그 마음을 이해해요. 아무튼 수산한못 정말 예쁘니까 꼭 가 보세요. 습지에는 새들도 많이 와서 살아요. 수산한못에서도 새들이 많이 쉬어 가는데, 그 위로 비행기가 날면 습지뿐 아니라 많은 부분이 파괴되겠죠.

수산리를 간단하게 소개한다면요? 수산은 천년의 역사를 가지고 있다. 역사 유적, 문화 유적, 생활 유적이 풍부한 평화로운 마을이다. 그리고 지금까지도 지역 공동체가 아주 잘 지켜지는 마을이다. 이건 어디 가도 자랑할 만한 이야기죠. 그리고 이주해서 온 친구들이 잘 적응하게 해 주는 마을이에요. 그렇게 된 이유에는 제2공항이 커요. 힘든 싸움이긴 하지만 그 덕분에 마을을 소중하게 생각하는 마음이 다시 생긴 것 같아요. 어르신들도 그렇고요. 이주한 사람들도 학교도 좋고 이 마을에서 계속 살고 싶다고 하면서 마을을 지키기 위한 싸움을 같이 하면서 더 돈독해졌어요. 위기가 꼭 나쁜 것만은 아닌 것 같아요. 우리 사람의 인생에도 위기가 왔다고 다 나쁜 게 아니다, 나를 성숙하게 하는 계기가 된다고 하잖아요.

그렇지만 그것도 기본 토대가 있어야 가능하잖아요. 맞아요. 우리 마을은 이상하게 마을로 돌아온 선배들이 많아요. 퇴직하고 돌아와서 과수 농사짓고, 부모님 옆에서 살아요. 그만큼 마을의 땅이 잘 지켜진 게 아닐까요? 저는 그렇게 생각해요. 땅이나 집이 다 팔리면 못 돌아오거든요. 어른들이 잘 지켜 온 거죠. 지금까지 지켜 오니까 자손들이 돌아와요. 그리고 그 땅을 지키면서 농사를 지어요. 나이가 오십이 넘어가니까 정서적 교류를 원하게 되는 것 같아요. 우리 지역 공동체를 지금 칠십 대부터 구십 대 후반 어르신들이 마을을 잘 지켜 오셨고요, 오십 대 자녀들이 돌아오고 있어요.

삼춘 친정은 사시던 한자리에 계속 있어요? 할머니 집에 안거리 밖거리에서 같이 살다가 제가 초등학교 3학년 때 분가하면서 집을 지었고요. 부모님은 거기서 계속 살고 계세요. 40년이 넘었네요. 조금 고치긴 했지만 그 터에 그 집이죠.

저는 그런 게 부러워요. 친정이 내가 자랐던 집인 거잖아요. 그죠. 집을 지으려고 과수원이었던 땅 사서 돌 골라 내던 기억도 다 나요. 제주 땅은 돌이 진짜 많잖아요. 오늘 날랐는데 내일도 또 돌이 있었어요. 어리니까 큰 돌은 못 나르고 작은 돌을 날랐어요. 상량식 했던 생각도 나고요.

진안할망당이 관운이 좋은 곳이라고 하셨어요. 거기가 옛날에 관청 자리였어요. 요즘으로 치면 읍사무소 같은 거죠. 군인들이 주둔했었고, 행정을 봤던 정의현성이 있었던 곳이어서 관운이 있다고 하는 거죠. 수능 시험 같은 나라 시험에 대한 기도도 잘 들어주고, 송사가 걸렸거나 그럴 때 잘 풀어 준다는 얘기도 있어요. 요즘에 할망당에 육지 무당들이 많이 오더라고요. 기가 센 당이래요. 육지 무당들이 기가 센 당을 돌아다니면서 기도하고 간다고 하더라고요.

제주도가 전체적으로 약간 기가 센 편이죠? 제주는 진짜 특이한 곳에 당이 많아요. 가 보면 깜짝깜짝 놀라요. 사람이 들어가기 어려운 곳인데 돌 위에 촛불이 켜 있고 막 그래요. 그런 걸 볼 때마다 옛날 어른들이 자연에 기대어 어려움을 극복하고자 하는 욕구가 컸구나, 얼마나 절실한 마음으로 그랬을까, 하는 마음이 많이 들어요. 우리 조상들이 이 섬에서 살아 내기 얼마나 힘들었으면 그랬을까 생각해요.

전쟁도 계속 있고 날씨도 궂고요. 배 타고 나갔다가 바다에서 죽고, 현대 들어서는 4·3사건 때 죽고 한국전쟁 때 죽고 그러니까, 이겨 내려면 뭔가에 빌어야 되는 거죠. 마음을 의지할 곳이 필요하잖아요. 제주도뿐 아니라 동남아 섬 같은 곳에도 무속이 발달한 이유가 그런 것 같아요. 밖으로 못 나가잖아요. 그 안에서 살아야 하니까요.

수산을 찾는 여행자들은 어떤 사람들이에요? 조용조용한 여행자들이 많아요. 차로 오기도 하지만 버스 타고도 와요. 수산 초등학교랑 나무 보면서 너무 좋다고 구경하고, 그 앞에서 책도 좀 보고요. 어딜 가도 우리 학교만큼 예쁜 데가 없는 것 같아요. 수백 년 된 고목이 많으니 보고만 있어도 좋고 사진 찍어도 잘 나오죠. 학교 앞에 책방 무사도 있고요, 무사 갔다가 공드리 카페에서 차 한잔 마시는 거죠. 여성 청년들이 많이 와요.

수산 사람들은 보통 어떤 일로 생계를 이어왔나요? 수산리는 귤 농사를 아주 일찍 시작했어요. 1970년대 후반에 성산읍에서 수산이 가장 먼저 귤 농사를 시작했고요. 만감류 하우스도 많이 하고 무 같은 겨울 밭작물 농사도 많이 짓고요. 골드 키위 농가도 많이 생겼어요. 대부분 과수원을 갖고 있고 농사 지으며 살아요. 백약이 오름 아래까지 수산리니까 굉장히 넓죠.

**제가 제주도에서 제일 좋아하는 길이 백약이 오름 있는 금백조로
인데 거기도 공항 생기면 달라지겠죠.** 저도 금백조로를 지날 때
마다 말해요. 여긴 맨날 와도 너무 좋다고요. 특히 가을에 너
무 좋아요. 날씨 좋은 날은 멀리 성산 일출봉도 보이잖아요.
금백조로 이름 명칭에도 숨은 이야기가 있어요. 수산리에서
내놓은 이름하고 송당에서 내놓은 이름하고 투표를 했는데,
송당에서 낸 이름이 뽑혀서 금백조로가 됐대요.

여행자들이 수산리 마을을 어떤 마음으로 찾아 주길 바라나요?
수산리뿐 아니라 제주도를 여행할 때 제주를 소비하는 여행
자가 아닌 머무는 곳에 함께하는 마음으로 여행했으면 좋겠
어요. 보통 제주 여행할 때 '먹고 즐기고 논다'는 마음이잖아
요. 단순히 소비하는 여행이 아닌 뭔가 함께하는 여행자가 되
면 좋겠어요. 제주에서 나오는 식재료로 만든 음식을 먹고,
마을 안에 있는 카페를 이용하고자 하는 마음을 기본적으로
갖고 여행을 하는 거죠. 그리고 가능하다면 여기에 있는 풀
한 포기도 좀 소중하게 생각하는 마음을 가졌으면 좋겠어요.
그래야 다음에 후손들도 이 모습을 볼 수 있잖아요. 그런 마
음으로 제주 여행을 했으면 좋겠어요. 천년 가까이 지켜 온 우
리 수산마을이 앞으로도 지켜졌으면 하는 마음을 가지고 찾
아 줬으면 해요. 내가 이 마을에 발걸음을 하는 게 마을을 지

키려는 노력에도 도움이 되는 거라고 생각하고, 마음을 보태는 자세로 여행했으면 좋겠어요. 그리고 마을 사람들을 존중했으면 좋겠고요. 집 마당에 함부로 들어가서 사진 찍는 여행자들이 많아요. 존중한다는 건 배려잖아요. 사진을 찍고 싶어도 눈치를 좀 살펴보고, "이거 찍어도 되나요?" 물어보는 것. 그런 게 마을을 존중하는 자세예요. 하지 말라고 하면 안 하고요. 욕구가 있어도 참는 그런 여행이 되었으면 해요.

아끼는 마을 공간과 책방

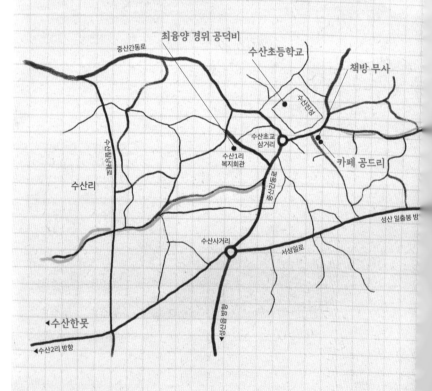

최용양 경위 공덕비

수산초등학교

책방 무사

중산간동로

수산진성

수산초교
삼거리

수산1리
복지회관

카페 공드리

수산리

성산 일출봉 방

중산간동로

수산사거리

서성일로

수산한못

수산2리 방향

카페 공드리
서귀포시 성산읍 수시로10번길 3

당근 주스, 천혜향 주스, 당근 케이크 등 제주를 담은 디저트와 음료를 판매한다. 카페 공드리의 앞마당과 책방 무사의 뒷마당은 하나다. 볕 좋은 날 마당 의자에 앉아 카페 공드리에서 산 음료수를 마시며 책방 무사에서 산 책 한 권을 읽고 있으면 그 이상의 사치가 없다.

수산한못
서귀포시 성산읍 수산리 3990

수산한못은 예로부터 습지가 많던 수산리에 남아 있는 습지 중 하나로, 과거 수산평(벌판, 초원) 마장의 말과 소에게 물을 먹이고 주민들의 식수로도 사용했던 큰 연못이다. 지금은 계절마다 각종 새들이 쉬어가는 곳이고 멸종위기 야생 식물인 전주물꼬리풀 복원지이기도 하다. 산책길이 깔끔하게 조성되어 있고 앉아 쉬어 갈 곳도 마련되어 있어 여유로운 시간을 보내기 좋다. 습지에서 삶을 이어가는 동식물, 바람과 햇살마저 존중하는 마음으로 고요하게 머물게 되는 곳이다.

책방 무사
서귀포시 성산읍 수시로10번길 3

옛 한아름상회가 책방이 되었다. 마을의 일에 기꺼이 함께하고, 모든 이들을 환대해 책방 무사로 공간이 바뀐 후에도 사람들은 이곳에 편하게 드나들었고, 온기가 쌓였다. 아쉽게도 책방 무사는 이 책이 출간되고 한달 뒤인 2024년 9월에 운영을 중단했다. 이 다정한 공간이 쌓아갈 다음 이야기가 궁금해진다.

우도와 가파도

섬 속의 섬,
밤과 아침 공기

 작은 섬의 사람들

제주특별자치도는 사실 우리가 알고 있는 대한민국에서 가장 큰 섬 제주도만을 이야기하는 건 아니다. 제주특별자치도는 제주도를 포함한 9개의 유인도와 55개의 무인도로 이루어져 있다. 사람이 살고 있는 섬 9개는 제주도, 우도, 가파도, 비양도, 마라도, 상추자도, 하추자도, 횡간도, 추포도이다. 그중 우도, 가파도, 마라도 등은 비교적 잘 알려진 섬이지만 사실 횡간도와 추포도는 제주에 사는 나도 처음 들어 봐서 지도를 찾아봐야 했다.

횡간도와 추포도는 상추자도와 하추자도와 함께 추자면에 속하는 섬이다. 추자도의 북쪽에 추포도가, 그보다 조금 더 북쪽에는 횡간도가 있다. 제주 최북단 섬 횡간도는 거리로 따지면 제주보다 완도나 진도 등 육지에 더 가깝다. 그래서 추자면 주민들은 전라도 사투리와 제주도 사투리를 섞어 쓴다고 한다. 현재 횡간도와 추포도에는 열 명이 채 되지 않는 주민들이 살고 있으며 지금까지도 전기와 물이 귀한 섬이다. 추자도에서 오가는 배편이 하루에 한두 편 운행한단다. 낚시꾼들이 종종 찾는 섬이라 주민 수는 적지만 여행자가 묵을 숙소가 있는 모양이다. 섬의 북쪽에서는 전라도가, 남쪽에서는 제주도가 멀리 보이는(보일까?) 인적 드문 섬에서 보내는 시간이 궁금해진다. 기회가 된다면 가 보고 싶다.

제주에 사는 동안 제주도의 오름 360개를 다 오르지는 못하더라도, 유인도 9개는 다 가 볼 수 있지 않을까. 제주도, 우도, 가파도, 비양도, 마라도에는 가 봤으니 추자면에 속하는 상추자도, 하추자도, 횡간도, 추포도만 가 보면 된다. 우도와 가파도에서는 제주도를 본섬이라고 부른다. 횡간도와 추포도에서는 모르긴 몰라도 아마 추자도를 본섬이라고 할 것 같다. 아, 섬 속의 섬 속의 섬이라니! 가고 싶다!

아무튼 이 글에서는 본섬에 살고 있는 내가 보고 듣고 느낀 작은 섬에 대한 이야기를 할 예정이다. 가능하다면 각각의 가치를 가지고 존재하는 다른 섬으로 바라보고자 한다. 9개의 크고 작은 섬에서 사람들이 각각 자신의 삶을 살고 있다고 생각하면 제주가 더 크고 넓게 느껴진다.

우도, 가파도, 비양도 해안가를 걷다 보면 바다 건너에 제주도가 보인다. 가장 먼저 한라산부터 찾는다. 그리고 나면 저기 보이는 저 오름이 뭘까 생각하게 되고, 우리 집은 어디쯤에 있나 더듬어 보게 된다. 섬에 서서 제주도를 멀찍이 바라보고 있음에도, 나의 마음은 여전히 제주도에 있고, 제주도에서 섬을 바라보는 시선을 거두지 못한다. 내가 딛고 있는 섬은 여전히 낯설고 제주도는 몇 시간 후 다시 돌아갈 곳이기 때문이다. 익숙해질 시간이 없다. 여전히 낯선 채로 섬을 떠난다.

낯설던 거리가 익숙해질 때 비로소 시작되는 여행이 있다. 숙소가 집이 되고 단골 식당이 생길 때 긴장이 풀리고 그때 비로소 새로운 결의 여행이 시작된다. 나는 그 여행을 좋아한다. 그러니 한번 머물러 보기로 했다. 이 섬과 친해지고 나면 어떤 일이 생길까?

작은 제주도

우도 주민 김영진 삼촌에게 물었다.

"우도와 제주도는 어떻게 다른가요?"

"우도는 작은 제주도예요."

오름과 해변, 절벽과 초원이 있으며 섬의 동서남북 지역에 저마다의 지역색이 있어 분위기가 다 다르다는 점에서 우도는 제주의 축소판이란다. 그러고 보니 정말 비슷한 것 같다.

제주 도민이며 우도 여행자인 나도 종종 우도를 보며 제주도가 떠올랐다. 무엇보다 지금 우도를 바라보는 시선이 제주에 살기 전 제주를 바라보던 시선과 흡사하다. 여행지로 바라보는 제주는 물빛이 아름다운 곳, 자연 풍광이 좋은 곳, 신선한 해산물을 먹을 수 있는 곳, 바쁜 일상에서 벗어나 쉬었다 갈 수 있는 한적한 섬이었다. 사람들에 대해서는 깊이 생각해 본 적이 없었다. 제주도에 사는 사람이라고 하면 해녀나 귤 농사를 짓는 농부, 카페나 숙소를 운영하는 자영업자를 떠올릴 뿐이었고 그들조차 낭만적 시선으로 바라봤다.

하지만 제주도에 살아 보니 이곳은 관광지이기 전에 사람들이 사는 섬이다. 해녀도 많고, 귤 농사를 짓는 농부도 많고, 관광 산업에 종사하는 사람도 물론 많지만, 그와 무관한 직업을 가진 사람이 훨씬 더 많다. 내 친구들 직업은 회사원이고, 교사고, 공인중개사고, 의사며, 택배 기사고, 페인트공이며 사서다. 육지의 사람들과 다를 바가 없이 하루를 보내는 사람들이 제주 섬에 살고 있다. 어리석게도 그들과 이웃이 되고 친구가 되어서야 비로소 정확히 이해하게 되었다.

그런데 우도를 보는 나의 시선이 그와 다르지 않다. 내게 우도는 성산항이나 종달항에서 배를 타고 10~15분이면 닿는 백사장이 아름다운 섬이다. 우도는 언제나 '여행지'였다. 혼자 간 적은 없다. 가족이나 친구들이 제주 여행을 오면 함께 찾곤 했다. 오전 배를 타고 섬을 한 바퀴 돌아보며 풍경을 감상하고 사진을 찍고 우도 땅콩 아이스크림 하나 사 먹고 바로 다시 배를 타고 돌아 나왔다. 우도에 머무는 시간은 서너 시간이 채 되지 않았다. 그러고는 "우도는 정말 아름답지" 감상을 이야기했다. 관광객이 너무 많아 별로란 이야기도 덧붙였다. 철저히 관광지로만 여겼다. 하지만 당연하게도 우도에도 사람이 산다. 우도에 관광객이 쏟아져 들어오기 전부터 이곳에 터를 잡고 생활한 사람들이 대부분이다.

불과 20년 전까지만 해도 우도는 우도 사람들만의 섬이었다. 2000년대 초반 도항선이 늘어나고, 해안도로가 생긴 뒤부터 입도하는 여행자가 늘었다. 우도 주민 강윤희 삼춘은 어린 시절 뙤약볕 아래에서 일을 하다가 저 멀리 낯선 사람들이 보여서 '저 사람들은 누구길래 저기 있지?'라는 생각을 했다며 지금 생각해 보면 통통배를 타고 우도를 찾은 여행자였던 것 같다고 이야기했다.

우도로 향하는 배가 작고 그마저도 하루에 몇 대 없던 시절 이야기다. 문득 그때의 우도의 모습이 어땠을지 궁금해진다. 그 시절 우도를 찾았을 여행자들이 부럽다. 하지만 이것 역시 철저히 여행자의 시선이다. 뙤약볕 아래서 일하다 낯선 사람을 발견한 우도의 어린이가 아닌 외부인의 발길이 거의 없던 아름다운 섬에 온 여행자에게 감정 이입을 해 버렸다.

여행자가 많아지기 전 우도는 더 고즈넉하고 이루 말할수 없이 아름다웠겠지만, 물과 땔감이 부족해 생활하기 어려운 척박한 땅이었다. 생활용수로 쓸 최소한의 물을 확보하기 위한 물통이 마을마다 있었고, 밤이면 남자들이 번갈아 보초를 서며 소중한 물을 지켰다. 여자들은 아침에 눈을 뜨면 하루에 쓸 물을 구하는 게 가장 큰 일이었다. 첫닭이 우는 새벽한 시부터 하루가 시작되는 아침까지 물허벅을 지고 마을 물통까지 일고여덟 번을 오가며 물을 길어 와야 온 가족이 밥을 먹고 하루를 시작할 수 있었다.

가족 수가 많으면 더 부지런히 물을 길어야 했다. 물을 길어 오는 것도, 물질도, 밭일도 집안일도 모두 여자들이 했단다. 땔감으로 쓰기 위해 소똥을 말리고 잔디를 모으고, 잔디 태를 등짐으로 지고 나르는 것도 모두 여자들이 할 일이었다. 남자들은 소를 키우고 어선을 타고 나가 생선을 잡는 일을 주로 했다.

땔감이 부족했다는 이야기를 듣고 우도를 둘러보니 큰나무 찾기가 어렵다. 그러다 문득 궁금해졌다. 우도에는 귤나무가 있을까? 못 본 것 같다.

"우도에 귤나무가 있나요?"

"없어요."

대충격! 제주도에 흔하디흔한 귤나무가, 우도에는 없다.

몇 번 재배를 시도했지만 거친 바람에 귤꽃이 말라 열매를 얻기가 어려웠다고 한다. 그래서 놀랍게도 우도에선 귤이 귀하다. 귤이 흔한 본섬에서 귤 한 상자 가지고 섬에 들어갈걸 그랬지.

이야기 대부분은 우도에서 만난 우도 주민 김영진 삼촌과 강윤희 삼촌에게 들었다. 두 삼촌은 우도에서 〈달그리안〉이라는 마을 신문을 만들고 있다. 두 삼촌 외에도 여러 우도 주민 기자들이 제작을 함께한다. 2017년에 창간해 계절마다 발간되고 있다. 우도에 대한 최신 소식은 물론 우도 사람들 인터뷰, 우도 밥상 정보 등 다채로운 우도 이야기를 담고 있으니, 만일 우도에 간다면 꼭 〈달그리안〉을 한 부 챙겨서 읽기를 권한다. 〈달그리안〉을 보면 우도의 현재를 알 수 있다. 그뿐 아니라 과거와 미래에 대한 이야기도 담겨 있다. 우도 곳곳에서 무료로 배포해 어렵지 않게 구할 수 있다. 특히 우도의 작은 서점 '밤수지맨드라미'에는 거의 항상 비치되어 있다.

🍊 **우도에는 앞바다 뒷바다가 있다**

해가 지는 서쪽 마을에서 태어난 김영진 삼촌과 해가 뜨는 동쪽 마을에서 태어난 강윤희 삼촌에게 듣는 우도 이야기가 비슷한 듯 달라 무척 흥미롭다. 섬의 반대편에서 살던 두 사람은 학교에 다니기 전까지는 서로 만나지 못했다고 한다. 도로가 잘 되어 있지 않고, 차도 없던 시절 우도는 지금보다 더 큰 섬이었겠다.

강윤희 삼춘은 "아침에 해가 뜨고 수평선으로 고깃배가 하나 딱 들어오는" 고요한 풍경을 보며 어린 시절을 보냈다. 그러다 어느 날 섬의 서쪽에 갔는데 "저어기 바다 건너에 본섬이 보이고, 날씨에 따라 능선이 바뀌며 한라산이 보였다 안 보였다 하는 게 너무 신기했었다"고 한다. 고등학교 때 처음 본섬에 갔고, 버스를 탔는데 심하게 멀미를 하는 통에 택시로 이동했다는 이야기가 대도시에서 태어나고 자란 내게는 너무 재미있었다. 김영진 삼춘도 옆에서 소리 없이 웃으셨다.

우도 안에서도 전혀 다른 풍경을 보며 자란 두 마을의 어린이는 조금 다른 꿈을 꾸지 않았을까. 두 삼춘에게 어떤 꿈을 꾸었는지 물어보려다 대신 상상해 보았다. 해가 뜨는 마을에서는 태평양 망망대해가 보인다. 해가 지는 마을에서는 제주도가 보인다. 어떤 마을에서 자란 어린이가 더 큰 꿈을 꿀까? 해가 지는 마을에서 제일 넓은 세상은 제주도였을 것 같고, 해가 뜨는 마을은 끝이 없는 바다가 보이니 오히려 제주도보다도 더 넓은 세상을 꿈꿀 수 있지 않았을까.

생각이 꼬리에 꼬리를 물던 중, 우도에서는 제주도가 보이는 서쪽 바다를 앞바다, 동쪽 바다를 뒷바다로 부른다는 이야기를 들었다. 항구가 있는 앞바다 마을에 비해 뒷바다 마을은 여러 가지로 발전이 뒤쳐졌다고 한다. 삼촌들의 이야기를 듣다 보니 작다고 생각했던 섬이 점점 더 크게 느껴진다.

그리고 우도 삼촌들은 말했다. 우도에서 볼 때는 제주도가 섬이라고. 아, 정말 그렇지. 제주도에 살다 보면 종종 잊게 되는 감각이다. 여행자로 제주를 여행할 땐 제주가 섬이라는 사실을 언제나 의식했다. 섬이기 때문에 조금만 달리면 바다가 보여 좋았고, 제주시와 서귀포시를 하루에도 여러 번 가볍게 오가면서도 제주도가 크다고 느끼지 않았다. 요즘은 읍을 벗어나면 멀리 가는 것 같다. 섬 반대편에 가려면 크게 마음을 먹어야 한다. 바다를 한 번도 보지 않고 흘러가는 하루도 많다. 살수록 섬이 점점 넓어진다. 대체로 그렇다.

우도에서 제주도를 바라보면 저 멀리 항구에 배와 사람이 오고 가는 게 보였단다. 김영진 삼촌은 대체 저 섬에 드나드는 사람들은 어떤 사람들인가 궁금해서 배를 타고 제주 섬에 다녀온 적이 있다고 했다. 언젠가 마을의 소년들이 단체로 작은 통통배를 타고 본섬으로 가출을 한 사건도 있었단다. 마을 전체가 뒤집어졌으나 소년들은 성산항에서 내려 비자림까지 구경하고 근처 친척 집에서 자고 무사히 귀가했다. 우도 소년들의 제주 모험기를 상상하니 웃음이 났다. 우도에 돌아온 소년들은 제주도를 바라보면서 비자림이 어디쯤일까 찾아봤겠지.

살수록 제주도가 넓게 느껴진다는 이야기를 불과 몇 문장 앞에 썼지만, 종종 제주도가 좁다는 생각을 한다. 평소엔 내가 사는 곳이 섬이라는 사실조차 의식 못 하고 지내다가도 때때로 제주 해안선 가장자리가 나를 죄여 올 때가 있다. 태풍이 불거나 기상 악화로 바닷길과 하늘길이 모두 막히면 망상은 불현듯 현실이 된다. 어마어마한 고립감에 사로잡힌다. 김영진 삼춘은 우도에 대한 글을 쓰고 있다는 나에게 "우도에 대해 알려면 풍랑주의보를 경험해야 한다"고 말씀하셨다. 예상하지 못한 풍랑주의보를 만나 의도치 않게 며칠 고립되어 지내면 그제야 비로소 우도를 제대로 알 수 있단 이야기다.

하지만 나는 세상과 단절될 때 큰 불안감을 느끼는 편이다. 비행기를 탈 때나 영화관에 들어서며 휴대폰을 꺼둘 때면 초조한 기분에 사로잡힌다. 어릴 땐 만화책을 보지 못했을 정도다. 만화책을 읽다 푹 빠져들면 주변을 잊고 아무것도 안 들리는, 마치 무중력 공간에 놓인 듯한 상태가 되곤 했는데, 그게 두려웠다.

삼춘에게 풍랑주의보, 고립이라는 단어를 듣자마자 심장이 빨리 뛰기 시작했다. 우도에 대해 잘 몰라도 좋을 것 같다. 차라리 이 글을 쓰는 걸 포기하겠다고 속으로 생각했다. 내 생각을 눈치챘는지 김영진 삼춘은 고립을 즐길 줄 알게 되면, 그때 비로소 우도의 참 모습이 보인다고 했다. 우도에서 지내다 보면 자연과 나만 남는 경험을 할 수 있다고도 했다.

삼춘은 우도에서 태어나서 어린 시절을 보내다 중학교 때 제주 시내로 가서 20년 넘게 살고 우도로 돌아왔단다. "가족들도 우도 사람이에요?" 묻자 아내는 육지 사람이라 했다. 우도로 돌아오고 처음 두 달은 적응하기 어려웠지만 지금은 완전히 적응했다며, 모든 게 간결해질 때 더 좋아지는 것들이 있다고 덧붙였다. 적당히 부족한 섬 우도에서 살다 보면, 있어서 좋은 것과 없어서 좋은 것을 알게 된다고 했다.

사람은 수없이 변하는 존재니까, 언젠가 나도 우도에서 더 오래 머물겠다고 마음먹는 날이 올지도 모르니까, 그날 이 말을 꼭 기억해야지. 있어서 좋은 것과 없어서 좋은 것에 대해 알게 되는 날이 와도 좋겠다. 지금은 아니지만.

🟤 우도에서의 하룻밤

우도에 여러 번 왔지만 하룻밤 자는 건 이번이 두 번째다. 1년 전 쯤 처음 우도에 1박 2일 여행을 왔을 땐 제주착한 여행 투어의 일원으로 왔다. 그때 강윤희 삼춘이 하우목동항으로 마중 나와서 함께 여행할 일행들을 차에 태우고 우도 곳곳을 안내해 주셨다. 책방 밤수지맨드라미를 둘러보고 저녁을 먹은 뒤에는 비양도에 갔다. 제주 서쪽에도 비양도가 있지만 우도에도 육로로 연결된 작은 비양도가 있다. 요즘은 백패킹의 성지로 많이 알려져 있다. 그날도 비양도에는 수많은 텐트가 있었다. 뒷바다를 끼고 있는 비양도에서 보는 별이 환상적이었다.

다음 날은 아침 일찍 일어나 우도봉 트레킹을 하고 닭장 체험을 했다. 토종닭을 키우는 동네 삼춘 집에서 닭을 구경하고 갓 낳은 달걀로 만든 계란 프라이도 먹었는데, 나중에 보니 김영진 삼춘 댁이었다. 우도에 두 번째 와서 알게 된 사실이다. 그런데 첫 번째 우도 1박 2일 여행 후 계속 생각난 건, 놀랍게도 이튿날 아침 우도봉에서 만난 순한 눈빛의 소들이었다. 조용한 걸음으로 내 뒤를 총총 따라오던 소들. 조심스럽게 손을 뻗어 이마를 쓰다듬으니 눈을 끔뻑거리던 소들. 제주 동쪽 해안도로를 달리다 저기 우도가 보이면 어김없이 소들의 안부가 궁금해졌다.

그리고 이번이 두 번째 우도 1박 2일 여행이다. 풍랑주의보를 미리 확인하고, 다음 날 무사히 나갈 수 있을지까지 꼼꼼하게 체크한 뒤 배를 탔다. 우도는 기본적으로 렌터카를 가지고 들어가는 게 금지되었다. 임산부, 65세 이상, 7세 미만, 장애인 등이 탑승했거나 우도에서 숙박을 예약한 경우만 승선이 가능하다. 해안도로를 따라 달리는 관광버스를 운영하고 있어 차가 없더라도 여행은 어렵지 않다. 우리는 우도 숙박을 예약한 도민이니까 자신 있게 배에 차를 실었다. 그리고 우도에 내리자마자 바로 밤수지맨드라미로 향했다. 우도에 오면 빼놓지 않고 들르는 곳이다.

밤수지맨드라미는 작은 규모의 서점이지만 판매하는 책들의 종류가 다양하다. 흥미로운 독립출판물도 많이 입고되어 있다. 책방 주인의 섬세한 손길이 느껴진다. 섬의 작은 책방에 왔으니 반드시 책을 한 권 사겠다는 마음으로 서가를 꼼꼼하게 훑었다. 체크인까지 시간이 조금 남아 있어서 커피도 한잔 주문했다. 커피를 마시며 마을 신문 〈달그리안〉을 슬렁슬렁 읽었다. 우도에 있다는 사실이 실감 난다.

숙소는 강윤희 삼춘이 운영하는 우영팟 민박을 예약해두었다. 강윤희 삼춘의 시부모님이 살던 집인데 고쳐서 민박으로 운영 중이다. 최근 우도에 리조트도 생기고 화려한 숙소도 많아졌지만 기왕 우도에서 하루 묵는다면 가장 우도다운 곳이 좋을 것 같아서 선택했다. 안면이 있는 사람이 기다린다는 사실만으로도 마음이 편안하다.

강윤희 삼춘은 낮에 바다에 들어가야 해서 숙소 안내가 조금 늦을 것 같다며 먼저 문을 열고 들어가서 짐을 풀고 있으라고 했다. 요즘은 바다에서 어떤 작업을 하시나 궁금하다. 강윤희 삼춘이 아니더라도 바다를 지나다 물질하는 해녀들을 보면 오늘은 무슨 작업을 하나 항상 궁금해 하는 편이다. 해녀 삼춘들에게 성게를 직접 구입하게 되면서 생긴 버릇이다.

초여름 성게 철이 시작되면 그때부터 눈치작전이 펼쳐진다. 우뭇가사리와 성게는 철이 겹치는데 대체로 우뭇가사리 작업을 하셔서, 작업 모습을 잘 살펴야 한다. 성게 작업을 하는 걸로 확인이 되면 작업이 끝나는 시간 즈음 해녀 작업장에 가서 요령껏 성게를 구입한다. 작업이 끝나는 타이밍을 알아야 하고 반장님이 누군지도 눈치껏 알아차려야 하는 등 여러 가지 노하우가 필요한 일인데다가, 소량은 판매하지 않아서 여행자라면 그냥 시장이나 식당에서 사 먹는 걸 추천한다. 성게 철이면 몇몇 횟집에서 성게를 100그램 단위로 판매한다. 해녀 작업장에서 사는 가격과 큰 차이가 나지 않는다. 오늘 우도에서는 무슨 작업을 할까?

짐을 풀고 문을 연 식당을 찾아가 보말 칼국수를 시켰다. 숟가락으로 칼국수 국물을 떠먹다 시계를 보니 제주도로 가는 마지막 배가 끊긴 시간. 이제 나는 우도에서 밤새 꼼짝없이 머물러야 한다. 그 순간 약간의 불안과 체념, 안도가 한꺼번에 밀려왔다.

식사를 하고 돌아오니 민박집에 강윤희 삼춘이 도착해 있었고 마당에는 바구니 가득 뿔소라가 있었다. 오늘 바다에서 잡아 온 것이라고 했다. 오늘 작업은 뿔소라였구나! 크기가 작은 소라를 따로 챙겨 오셨다며 우리에게 마트에 가서 숯과 불판을 사 오라고 하신다. 횡재다!

우도에는 두 곳의 마트가 있고 다행히 해가 진 후에도 운영을 한단다. 신이 나서 달려가 숯을 사다 마당에 불을 피우고 둘러앉아 뿔소라를 구워 먹었다. 바람이 거세 불붙이기는 쉽지 않았고, 이리저리 날리는 연기로 눈이 따가웠지만 마냥 즐겁다.

뿔소라를 불 위에 올리면 잠시 후 소라에서 지글지글 물이 끓어오른다. 그러다 끓는 게 멈추면 그때가 뿔소라가 다 익은 순간이다. 삼춘은 장갑을 끼고 익숙하게 뿔소라를 까서 건넸다. 와, 잊지 못할 맛. 갓 잡은 뿔소라를 직접 구워 먹는 건 처음이다. 쫄깃하고 고소하다. 김영진 삼춘 댁 닭이 낳은 청란도 까 먹고, 본섬에선 귀한 우도 땅콩도 한 봉지 주셔서 불판에 한 번 더 구워 먹었다. 진귀한 우도 특산물이 다 모였다.

우도 주민과 본섬 주민이 둘러앉아서 두런두런 우도와 제주도 이야기를 나눴다. 그러다 두 삼춘은 불쑥 〈달그리안〉에 글 하나를 투고하라고 하셨다.

"마감이 언제예요?"

"내일!"

"세상에!"

보통은 거절하고 말았을 텐데 기쁘게 수락했다. 다음

날 집에 돌아오자마자 책상 앞에 앉아서 한 페이지 반짜리 글을 썼다. 쉬고 싶은 마음이 들기도 했지만, 우도를 마저 여행하는 느낌이라 좋았다. 그러고 보니 독자를 제주 도민이나 우도 주민으로 상정하고 쓴 글은 처음인 것 같다. 다음은 〈달그리안〉 20호에 실린 글이다.

아, 나도 제주도로 여행 가고 싶다!

10년 전 쯤 제주도로 이사를 왔다. 이사 와서 처음에 살던 곳은 삼화지구 아파트였고, 그 다음 함덕 바닷가로 옮겨 가 살았다. 다시 선흘 숲속으로 이사했다가, 지금은 대흘리 마을에 산다. 여행으로 온 제주도가 좋아서 직장까지 옮기며 제주로 이주했고, 처음 몇 년은 여행자처럼 살았다. 아침에 일어나면 '오늘은 어디에 가지?' 생각하며 설렜다. 새로 생긴 카페도 가고 맛있다는 식당도 동서남북 가리지 않고 찾아다녔다. 바닷가도 가고, 유명 관광지들도 찾아다니곤 했다. 목적지 없이 드라이브 하는 일도 즐거웠다.

제주에 살기 시작한 지 10년이 넘은 요즘 외출 빈도가 줄었다. 차로 30분 넘게 걸리는 곳에 갈 일이 생기면 조금 머뭇거리게 된다.

'그 먼 데까지 언제 가……'

밝은 표정으로 바다를 배경으로 사진을 찍는 여행자들을 보면 종종 외친다.

"아, 나도 제주도로 여행 가고 싶다!"

여행! 가면 되지. 짐을 쌌다. 여행을 갈 때 대체로 비행기를 이용하다 보니 여행 가방 속에 꼭 필요한 물건만 챙겨 넣는 버릇이 생겼다. 세면도구도 샘플로 챙기고, 잠옷도 가벼운 걸로 고른다. 책도 가장 얇은 걸로 들고 간다. 하지만 이번엔 그럴 필요가 없다. 집에 있는 가장 큰 가방에 쓰던 세면도구를 그대로 넣고, 두꺼운 잠옷도 고민 없이 쌌다. 혹시 모르니까 슬리퍼도 하나 넣고. 읽다 만 두꺼운 책도 챙겼다. 전기장판까지 가져간 건 비밀. 결국 사용하진 않았지만 혹시 쓸지도 모르니까.

차에 짐을 가득 실은 채 동쪽으로 달린다. 자동차로 떠나는 여행은 정말 오랜만이다. 육지에 살 땐 주말이면 숙소 하나만 예약한 채 강원도로 전라도로 충청도로 자동차 여행을 떠나곤 했다. 오늘 차를 타고 달려가는 곳은 우도. 이번에도 숙소만 예약해 두었다.

우도에 도착해 서점 '밤수지맨드라미'에 달려가 핸드드립 커피를 한잔 마시곤 바로 숙소로 향했다. 가장 우도다운 곳에 묵고 싶어서 예전에 가 본 적 있는 '우영팟 민박'을 예약했다. 숙소에 도착해 짐을 내려 두고 문득 시계를 보니, 우도에서 나가는 배가 끊긴 시간. 비로소 여행 중임이 실감난다. 차로 거침없이 달려 이곳에 왔지만, 내일까지 돌아나갈 수 없다.

적막해진 우도 마을길을 천천히 걸었다. 여행자들이 주로 타고 다니는 작은 전기차도, 자전거도 눈에 띄지 않는다. 가게 대부분이 해가 지기 전에 문을 닫는 분위기다. 해가 지고 배가 끊긴 우도에서 여행자는 바쁘게 서두를 일이 하나도 없다. 천천히 숙소에 돌아왔더니 사장님이 오늘 바다에서 잡아오셨다는 뿔소라를 한가득 건네주신다.

마당에 불을 피우고 뿔소라를 구워 먹었다. 그동안 요리한 소라만 먹어 봤지 이렇게 바다에서 갓 잡은 신선한 소라를 직접 구워 먹은 건 처음이다. 소금 간을 한 것도 아닌데 간이 딱 맞다. 맨손으로 허겁지겁 소라를 먹는 우리를 보며 사장님이 웃으셨다. 글을 쓰는 지금, 배가 불러 남긴 뿔소라

두 개가 생각난다. 아무리 배가 불러도 다 먹고 왔어야 했는데…… 내 이럴 줄 알았지. 하늘 높이 뜬 달은 밝았고, 구름 사이로 별이 반짝거렸다. 좋은 밤이다.

푹 자고 일어나 아무도 없는 검멀레 해변을 걷고 우도봉을 올랐다. 우도 등대 곁에 서니 저기 성산에서 들어오는 배가 보인다. 이제 집으로 돌아갈 시간이다.

성산항에 도착해 일주동로를 달려 집에 가는 길, 오른쪽으로 우도가 보인다. 우도봉으로 오르던 길도, 옛 연평초등학교 앞에서 졸고 있던 고양이도, 먹다 남긴 뿔소라도, 다정한 우영팟 민박도 저 섬 안에 있다고 생각하니 늘 작아만 보이던 섬이 한없이 크게 느껴진다. 괜히 손을 흔들어 본다. 그러다 슬며시 웃음이 난다. 지난 이틀 나도 우도에선 여행자였다. 이제 제주도로 여행을 가고 싶어질 땐 우도로 가면 된다. 다음엔 여느 여행자들처럼 바닷가에 서서 밝은 표정으로 사진도 찍어야지. 오랜만에 설레는 마음이 든다.

책을 쓰고 있다는 내게 우도에 대해 이런저런 이야기를 해 주시고, 더 많은 사람들이 우도를 찾아 좋은 여행을 하길 바란다고 말하는 삼춘들에게 물었다. 혹시 여행자들이 반갑지 않은 적은 없었느냐고.

우도에서 평생 살던 어르신들 중에서는 여행자들을 달가워하지 않는 경우가 더러 계신다고 한다. 여행지에 사는 일은 다양한 여행자들을 감당해야 하는 일이기도 하니까. 게다가 어르신들은 우도가 여행지로 각광받기 전부터 이곳에서 태어나고 삶을 이어오셨다. 스스로 선택한 게 아니다. 하지만 우도 주민 대부분은 우도 도항선 주주라는 이야기를 삼춘들이 해 주셨다. 여행업에 종사하지 않더라도 여행 오는 사람들 덕분에 먹고사는 부분이 있다는 사실을 많은 주민들이 인정하고, 여행자들을 기쁘게 맞고 있단다. 주민들이 배의 주주라니, 여러모로 참 좋은 생각이다.

고요한 섬의 아침

집은 돌아갈 곳이고, 여행자인 나에게 돌아갈 곳은 숙소다. 다음 날 아침 숙소에 짐을 둔 채 가벼운 옷차림으로 하룻밤 사이 어느새 익숙해진 우도를 산책하며 바다 건너를 바라보니 제주도가 어제보다 조금 멀게 느껴진다. 밤 사이 마음이 우도에 무사히 도착했나 보다. 아무래도 뿔소라의 힘이 컸던 것 같다. 비로소 섬의 시선으로 섬을 보고 제주도를 본다.

가파도에서 하루 자고 일어났을 때가 떠오른다. 봄이면 섬 전체가 넘실거리는 청보리로 뒤덮이는 제주도 남서쪽의 가파도는 해안선이 4.2킬로미터 정도로 우도에 비하면 훨씬 작은 섬이다. 가파도 올레길 10-1코스를 걷는 데 2시간이면 충분하다. 가오리처럼 생겨서 가파섬이라고 불렀다는 설과 파도가 섬을 덮어 가파도라는 설, 물결을 더한다는 뜻을 담았다는 설 등 여러 가지 유래가 전해진다. 가파도는 제일 높은 지대가 해발 약 20미터로 제주 섬 중 가장 낮고 평평한 섬이다. 정말 가오리처럼 납작하게 생겼다. 바람 거센 날은 파도가 섬보다 높을 것 같다. 섬 대부분의 길이 평지라 자전거로 달리기에도 정말 좋다.

가파도 민박집에서 자고 일어나 가벼운 마음으로 산책을 했다. 평지라 다리가 피곤하지 않았고 걸으며 만나는 풍경이 제주와는 또 다른 매력이 있어서 한 걸음씩 걷다 보니 거의 섬을 반 바퀴 이상 돌았다. 그 사이 사람은 아무도 만나지 않았다. 이 아름다운 풍경 속을 나만 걷고 있다니. 이런 진귀한 경험을 언제 또 할 수 있을까.

우도의 아침도 비슷했다. 우도나 가파도의 여행자는 대부분 낮에만 머문다. 오전에 배와 함께 들어오고, 저녁이면

배와 함께 떠난다. 비록 풍랑주의보에 갇히진 못했지만 하룻밤 자 본 사람으로서 당당한 목소리로 말한다. 어느 섬에 대해 알고 싶다면 그 섬에서 적어도 하룻밤은 자야 한다. 김영진 삼춘이 이 글을 본다면 코웃음을 치실지도 모르지만······.

지난밤 삼춘들에게 우도에서 하루 묵는 사람에게 무얼 권하겠냐고 물었다. 삼춘들은 첫 배가 들어오기 전 일출, 마지막 배가 나간 후 일몰을 보라고 하셨다. 아름다운 일출과 일몰을 볼 때마다 이걸 보지 못한 채 돌아간 여행자들 생각이 종종 난단다. 그리고 마을에서 운영하는 보트도 추천했다. 보트를 타고 섬 주변을 돌며 우도 8경을 볼 수 있는 투어로 30분 정도 소요된다. 가장 강조한 한 가지는 여행자들이 많이 찾는 관광지 외에도 마을 길을 걸어 보라는 것. 사람이 사라지면 그때 비로소 풍경에만 집중할 수 있다고 덧붙였다.

아침 일찍 일어나 검멀레 해변과 우도봉에 올랐다. 낮에는 여행자로 붐비는 곳인데, 이른 아침 이곳엔 아무도 없다. 근처 식당과 가게도 문을 열기 전이다. 해변으로 내려가 충분히 시간을 보내고 우도봉에 올랐다. 우도 등대 옆에 서서 앞바다와 뒷바다를 바라봤다. 뒷바다에 떨어지는 빛내림을 바라보며 잠깐 강윤희 삼춘이 되었다가 앞바다 멀리 제주도를 보며 김영진 삼춘이 되기도 했다. 더 이상 제주도를 살펴보지 않는다. 지금은 내가 딛고 있는 우도를 오롯이 느낄 시간.

시끌시끌한 소리가 들린다싶더니 앞바다 항구에 우도 도항선이 도착했다. 곧 여행자가 밀려오고 섬은 다시 북적거리겠지. 오롯이 나 혼자 내 걸음으로 누구의 방해도 받지 않고 우도를 걸었다. 잘 걸었다. 우도봉을 돌아 내려오다가 소를 만났다. 지난번에 만난 그 소인가? 그건 잘 모르겠지만 반갑다. 소를 닮은 섬에서 만난 소에게 인사를 건넸다. 다시 또 와야지. 너만 괜찮다면, 그때도 너를 만나러 올게. 이 초원과 소들이 내내 여전했으면 좋겠다.

종종 사람들은 한국에 제주도가 있어서 정말 다행이라고 이야기한다. 그 생각에 동의하며 한 번 더 생각한다. 제주에 우도가 있어서 정말 다행이라고.

우도를 읽어 주는
강윤희 삼춘

제주에 산 지 제법 되었으나 여전히 제주의 바람에는 적응이 안 된다. 바람이 몰아치는 날에는 마음속에 잘 가라앉혀 두었던 모든 불안이 다시 파도쳐 수면 위로 둥둥 떠오르는 것 같다. 내가 언젠가 제주를 떠난다면 이 바람 때문일 거라고도 늘 생각했다. 물론 바람이 불지 않는 날은 제주도가 이보다 좋을 순 없는 곳이 되어 그 마음을 잠깐 잊지만 제주는 바람이 부는 날이 잦고 불안은 자주 찾아온다.

하지만 이젠 그러지 않을 수 있을 것 같다. 강윤희 삼춘과의 대화 덕분에 바람이 불면 '섬이 쉬어 가는 시간이구나' 생각하게 되었다. 그래도 불안하면 강윤희 삼춘을 생각해야지. 바람 부는 우도를 후련한 표정으로 걷고 있을 삼춘을 떠올리면, 나의 불안도 바람과 함께 날려 보낼 수 있을 것 같다.

삼춘 자기소개 해 주세요. 저는 우도에서 나고 자랐어요. 할아버지, 할머니, 부모님 모두 우도에 사셨고요. 중학생 때까지 우도에서 있다가 고등학교 입학할 때 제주시로 나왔어요. 뭍(시)에 있는 사람들은 저한테 유학 왔다고 말했어요. 공부하고 취직하고 결혼하고 이후엔 줄곧 제주시 권역에서 살았죠. 그러다 시부모님이 돌아가시면서 비어 버린 집과 터를 지키기 위해서 우도로 들어갔어요. 그 집을 고쳐 민박 운영하며 우도에 왔다갔다한 지 10년 정도 됐네요. 8년 전에 마을 신문 〈달그리안〉을 시작했고 작년부터는 해녀도 하고 있어요.

남편도 우도분이세요? 네. 우도 살 때 알던 사이는 아니었지만 같은 고장 사람이면 누구 아들인지 신상을 바로 알 수 있고 누구의 사촌, 사돈의 팔촌이다 하면 그래도 뭔가 희미하게 보이니까요. 그렇지 않으면 캄캄한 세계에 들어가는 두려움이 느껴졌을 것 같은데 우도 사람이라는 게 안정감을 줬어요. 요즘은 그렇지 않겠지만, 저희 때는 그랬어요.

제주 도민들이 육지에서 온 사람들을 볼 때도 낯설고 두렵게 느껴질 수 있겠네요. 제주도가 사면이 바다고 워낙 척박한 환경이라 그런지 신중한 면이 있어요. 그래서 겉으로는 투박해 보이지만 사실 정이 많은 사람들이거든요. 그런데 처음 제주에 온 육지 사람들은 친하게 지내다가도 어느 순간 돌아서는 걸 많이 봤어요. 예를 들어 이사를 간다면 제주 사람들은 그간의 사정을 이야기하고 가지만, 육지 사람들은 오늘 짐 싸고 가면 끝인 경우도 있더라고요.

제주에서 살다 보니까 저도 그 심정에 대해 조금 알 것 같아요. 제주 사람 정서로는 상상할 수가 없는 거죠. 제주 사람들은 사돈, 팔촌, 동네 사람, 친구, 오빠 이렇게 다 연결되어 있거든요. 그래서 하루아침에 딱 돌아서기란 쉽지 않아요.

사실상 절연이 불가능한. 그렇죠. 동네에 풀 베는 거 하나도 함께하는 문화 속에서 살아온 사람들이라 혼자 살고 있다는 생각을 못 해요. 그런데 육지 도시 사람들은 이웃에 누가 사는지도 모르게 살아왔던 문화니까요. 문화가 달라요. 서로 이해하기 어려운 부분이 있어요. 우도에도 자연이 좋아서 온 외지인들이 있어요. 마을 사람들은 그래도 마을 안에서 살면 인사도 하고, 동네일에도 참여하는 게 예의가 아닌가 하는 생각을 해요. 풍경만 보고 온 사람들은 자연 속에서 하고 싶은 것만 하며 지내고 싶고 왜 마을 일에 참여해야 하나 생각하고요.

애초에 엮이기 싫다. 그죠. 복잡해지기 싫은 거예요. 단순해지고 싶어서 왔으니까요. 그래도 사는 동안 교류하고 다가가지 않으면 어려움이 있어요.

우도는 작은 섬인데 신분을 알 수 없는 외지인이 등장하면 경계심이 들 수밖에 없을 것 같아요. 이주민이 들어오던 초창기에는 특히 그랬어요. 모든 시선이 그 사람을 보고 있어요. 얘네는 대체 뭘 해서 먹고살지? 궁금한 거예요. 옛날 어른들은 밭이나 물에 가서 먹을 걸 취해 왔으니까요. 걱정이 되는 거죠. 그리고 섬사람들은 니꺼 내꺼 구분 안 하고 살았거든요. 돌봄을 함께했어요. 예를 들어 먹고살기 힘든데 아기들 때문에 물질을 못 가면 옆집 할머니가 애 봐주는 거에 익숙해져서, 외지에서 오는 사람들을 그런 시선으로 지켜보는 것 같아요.

이야기 듣다 보니 그 시선이 이해가 돼요. 모든 걸 같이 하지 않으면 먹고살 수 없던 시기에 익숙해진 사람들이죠. 애기가 배고프다고 울면 굳이 부모를 찾지 않고 옆에 있는 사람이 울음을 그치도록 돌보며 살아왔어요. 같이 돌보지 않으면 살아낼 수가 없었어요. 결국 그 지역의 문화나 역사를 알아야지 비로소 이해할 수 있는 부분이 있어요. 지역에 정을 두고 살려면 풍경만으로는 안 되고, 그 풍경 속에 문화나 사람들 이야기를 알고 이해했을 때는 평생 가는 거예요.

요즘 흔히 말하는 '시절 인연' 같은 게 우도에는 없겠네요. 내 인생에서 저 사람이 없어질 일이 없잖아요. 결혼해서 육지로 간 언니들은 좀처럼 만나기 힘들지만 그 외에는 잘 없죠.

우도에 친척들이 여전히 많이 사나요? 많은 친척들이 우도 밖에 나와 살긴 해요. 일제강점기에 해녀들이 숫자랑 글을 모르니까 사람들이 그걸 이용했대요. 10킬로그램을 물질해 왔는데 5킬로그램 값만 쳐주는 거죠. 못사는 이유가 못 배워서라 생각한 부모님들은 예전과 다르게 딸들도 공부시키고 그러다 보니 밖에 나가 사는 사람이 많죠.

숫자를 몰라도 몸으로 알았을 텐데요! 수수료도 과하게 붙이고, 무게도 속이고…… 처음엔 갸웃하다가 어느 순간 어머님들이 알게 돼요. 배운 자식들이 속이는 걸 먼저 알아차리고 알려 주기도 하고요. 그래서 잘살려면 자식들은 공부를 시켜야 되겠다고 생각한 거죠. 평생 희생하며 힘들게 돈 벌어서 자식 공부시키는 거죠.

시부모님 돌아가시면서 빈집을 가꾸기 시작하셨다고 했잖아요. 계기가 있었나요? 팔거나 빌려줄 수도 있잖아요. 처음에는 그냥 빌려줬어요. 그러다 제 동생이 우도로 돌아오면서 집을 고치다 천정을 뜯었더니 서까래가 나왔어요. 그 서까래를 살리고 옛 모습을 지키며 고쳐서 게스트하우스를 시작했어요. 옛날 집이니 중년 여행자들이 올 줄 알았는데 이삼십 대가 찾아오는 거예요. 궁금해서 그분들께 물어봤죠. 그러자 사람들이 "우도를 알고 싶어서 가장 우도다운 집을 찾은 거예요"라고 답하더라고요. 누구 하나 불편하다고 불평하지 않았어요. 그때 알았죠. 여행자들은 우도에서 세련되고 새로운 집을 원하는 게 아니라는 사실을요. 그즈음이 해안도로 나고, 개발되고, 우도 사람들은 오래된 집을 허물고 새 집을 짓기 시작한 때였어요.

안타까웠죠.

민박을 운영하시며 경험하신 것들이 지금 우도를 안내하고 계시는 거랑 연결이 될 것 같아요. 사람들이 우도에 오면 해안선 따라서 한 바퀴 돌고 나가요. 마을 속 이야기에 대해서는 관심이 없죠. 마을 사람들하고 말 한마디 해 본 경험 없이 우도를 떠난 뒤, 우도는 이렇더라 얘기를 하는 거예요. 바다는 예쁘고 아이스크림은 맛있고. 그거 외에는 없어요. 안타까웠어요. 하루라도 더 우도에 머물렀으면 하는 마음에서 '거꾸로 우도 여행'을 기획하게 되었어요. 배가 떠나고 저녁이 되면 비로소 우리가 어렸을 때 풍경이 보여요. 어릴 때는 친구들 네다섯 명이 다 같이 나란히 도로 위를 걸어 다니곤 했죠. 우도에 배가 끊기면 지금도 그게 가능해요. 어딜 가든 우리밖에 없으니까, 바람, 공기, 마을 같은 걸 그대로 느낄 수 있어요.

사람이 싹 빠진 제주도가 보고 싶다는 생각을 하곤 했는데 그게 우도에선 가능하네요. 우도도 예전에 비해 많이 달라진 점이 있나요? 예전에는 뭐든지 공동체 문화였어요. 우도도 이제 좀 변했죠. 개발이 되고 돈이 들어오고요. 마을의 일을 결정할 때 공공의 이익보다 개인의 이익을 취하는 경우가 많이 생기다 보니까 다툼도 생기고 생각이 다르면 적이 되기도 하죠.

그 고민에서 〈달그리안〉도 시작하신 건가요? 맞아요. 마을 신문 사업 공모를 보고, 이걸 해야겠다. 신문을 통해 우리의 옛날 이야기를 들려줘야겠다. 열에 한 명 정도는 느꼈으면 좋겠다는 마음에서 시작했어요. 우도에는 자연과 동네 사람 덕 안 보고 저 혼자 산 사람 절대 없거든요. 우리 처음에 이렇게 살았구나. 그런데 이걸 잊었구나. 내가 도움 받고 산 것처럼 남에게도 도움을 줘야지. 그런 마음이 들면 좋겠어요.

물질한 지 얼마 되지 않았다고 들었는데 물에 들어갈 때 두렵지는 않으셨나요? 작년부터 물질을 시작했는데 이쪽 바다는 제가 몰라요.

아! 바닷속이 다르군요. 다르죠. 어릴 때 뛰어놀던 데는 친정 동네 바다고, 시댁 동네 바다에는 들어가 본 적이 없기 때문에 우선 바다를 아는 게 중요했어요. 친정어머니나 시어머니 모두 해녀였기 때문에 바다에서 나는 해산물을 주시면 당연하게, 공으로 받아먹었어요. 그런데 제가 직접 숨비들면서(잠수하면서) 해 보니까 소라 하나 따려고 들어가도 다섯 번은 빈손이에요. 그게 너무 힘든 거예요. 성게 물질할 때는 파도가 태풍처럼 와요. 몸이 밀려서 갯바위에 부딪혀 다칠 수도 있거든요. 조심하고 신경 쓰려면 오만 감각이 다 열려 있어요. 그 상태에서 물건을 찾고 캐는 게 너무 힘들어요. 진짜 좋은 날은 열에 하나에요. 성게 철 한 달 동안 딱 하루 바다가 잔잔했어요. 그날은 거의 두 배를 수확했어요.

들어가서 경험하지 않으면 알 수가 없죠. 맞아요. 우도 동쪽 바다는 물에 들어가 있으면 수평선밖에 안 보이거든요. 근데 서쪽 바다는 본섬이 보여요. 물속에서 나오면 한라산이 보이고, 물속에서 나오면 수많은 오름이 보이고, 물속에서 나오면 성산 일출봉, 우도, 지미봉이 있어요. 너무 재미나요. 물속도 늘 달라져요. 4월에 우미(우뭇가사리) 물질하고 성게 물질 할 때까지는 바다에 풀이 자라 연산호가 안 보였어요. 그런데 가을에 소라 물질을 시작하니까 바다에 풀들이 사라지고 바닷속 돌이 그대로 드러나요. 울긋불긋 물들어 있는 거예요.

육지랑 똑같네요. 똑같아요. 해녀 언니들한테 물어봤어요. 바닷속 연산호 봤냐고. 그랬더니 언니들이 산호가 뭐냐고 그러는 거예요. 그래서 카메라로 찍어서 보여 줬더니 "아, 그게! 소라 할 때 항상 있는 거" 하시더라고요. 언니들은 소라만 캐느라 산호는 관심도 없는 거예요.

성게 할 때 바닷속 풍경과 소라 할 때 바닷속 풍경이 다를 줄은

상상도 못했어요. 바닷속 풀이 항상 그대로 있는 게 아니라 사계절을 보내더라고요. 육지의 산과 숲에도 누가 씨 뿌린 사람 없어도 나무가 자라고 풀이 자라잖아요. 바닷속에서도 그렇게 다시 풀이 자라요. 어느날 소라를 캐야 되는데 소라가 너무 예쁜 거예요. 소라 껍데기가 울긋불긋 물들어 있어요. 캐서 물 밖으로 가져오면 빛이 사라져요. 감태 밑에 소라랑 연산호 옆에 소라가 달라요. 원래 자기 자리에 있을 때 가장 예쁜 것 같아요.

김영진 삼춘이 우도를 알려면 풍랑주의보 속에 갇혀야 한다고 말씀하셨던 게 대단히 인상적이었어요. 풍랑주의보 속 우도는 어때요? 완전 단절된 느낌인가요? 풍랑주의보 속 우도는 그냥 바람이에요. 바람, 바람, 바람의 시간인 거예요. 겨울엔 풍랑이 엄청 자주 일거든요. 일주일에 이틀 괜찮았다가 나머지 사나흘은 바람 속에 갇혀요. 그런데 풍랑이 없으면 우도가 견뎌 낼 수가 없을 것 같아요. 어찌 보면 자연이 강제로 섬을 쉬어가게 하는 거예요. 여행자도 안 들어오고 물질도 못하니까, 바다도 사람도 쉬어요. 몸도 쉬고 그동안 못 했던 일도 해요. 어떤 이는 미리 제주시 가서 병원도 가고 영화도 보고요. 요즘 젊은 사람들은 풍랑 오기 전에 본섬에 나가서 맛있는 것도 먹고 하더라고요. 우리 어릴 때는 풍랑이 오면 뜨뜻한 데 다 같이 누워서 지지미(부침개)를 해 먹고, 땅콩을 까곤 했던 기억이 나요. 그게 쉬는 거예요. 손 놀이 하면서 쉬는 거죠.

자연이 준 휴가네요. 우도 입장에서 봤을 때, 우도가 얼마나 힘들겠어요. 1년에 150만 명이 와요. 온전히 쉬지 못하고 만약에 365일 섬에 사람이 들어온다면 아마 폭발할걸요.

지금 하신 말씀이 너무 좋아요. 저는 제주 바람에는 아직도 적응이 안 돼요. 바람이 불어도 불안하지 않으세요? 풍랑이 오면 너무 위험할 때 빼고는 저는 우도봉을 걸어요. 그 바람이 너무 좋아요. 바람이 불어서 파도가 뒤집어지고 풀이 한쪽 바람 방향으로 흔들리는 거 보면 잡생각이 사라져요. 속이 시원하고 어지러웠던 게 다 날아가 버려요. 물론 태풍 바람은 무섭죠. 지붕이 날아와서 다칠 수도 있고요. 그 정도 아닌 바람은 괜찮아요. 자기도 회복력을 가지려고 불어대는구나, 얘도 그래야 살겠구나, 그러려고 이 바람이 부는구나, 하면 불안한 게 없어요.

바람 불 때마다 이제 저도 그런 생각을 해야겠어요. 요즘 들어 태풍이 자주 오거든요. 사람들이 자연을 함부로 생각하고, 바다와 함께 살아가는 걸 만만하게 봐서 그런가, 하는 생각이 들어요. 사람들이 바다를 위한 노력을 얼마나 안 했으면 바다에 못 들어가게 끊어 버릴까, 생각해요.

사람 입장 불가! 진짜 물에 못 들어가요.

바다가 제일 멋있다. 그렇죠. 엊그제도 바다 보면서 해녀 언니랑 이런 얘기 했어요. "언니 우리 이제 뭐 먹고살아. 굶어 죽게 생겼어. 물건도 없는데, 겨울 내내 바다에 못 들어가니까." 그랬더니 언니가 "야, 맨날 바닷속에서 물건 해 나갈 생각만 하니? 바다도 살아야지" 그러는 거예요.

여행자들이 어떻게 우도를 여행했으면 좋겠어요? 다른 사람들이 오지 않는 시간대, 다른 사람들이 가지 않는 마을을 가는 여행자가 많았으면 좋겠어요. 주변이 시끄러우면 눈과 귀가 다 가려져서 오롯이 느낄 수가 없어요. 공기와 바람 온도를 미세하게 느끼려면 배도 끊기고 물리적으로 사람이 없어야 가능해요. 저는 두 발로 걸어보는 걸 권해요. 우도봉을 걷든 서빈백사를 맨발로 걷든, 마을 안길을 걷든 좀 다른 시선으로 우도를 봤으면 좋겠어요. 마을 사람들 이야기를 들으면 금상첨화겠죠. 이 돌은 어떻게 생겨났는지, 저 나무는 뭐고, 저 작물은 어떤 거고 그런 이야기를 들으면 우도와 좀 가까워질 거예요. 우도를 걸으면서 '지금이 보리가 자라는 시기구나, 땅콩 수확이 끝날 때구나, 마늘이 여물 때구나' 느끼고, '우도에서는 왜 마늘과 보리를 심지? 왜 여긴 귤나무가 없지? 여기는 왜 땅이 까맣지? 여기 모래는 왜 저기랑 다르지?' 그런 걸 궁금해 하면 좋겠어요.

주민들도 여행자들이 몰리는 시간에는 여유가 없잖아요. 없어요. 바쁠 땐 대화하고 싶지도 않고요. 여행자들이 다 빠져나가고 나면 마음이 열려요. 여유로울 때 또 대화가 되죠. 예쁘다는 감상에서 한발 더 나아가서 궁금함을 가져야 해요. 그때부터 애정이 생기는 것 같아요.

마을을 지킨다는 건 어떤 의미일까요? 과거를 아는 데서 출발하는 것 같아요. 과거의 문화를 모르면 미래가 없죠. 만약 부모님의 과거, 어르신들 살았던 이야기가 없다면 우도도 그냥 껍데기에요. 사람들의 이야기가 전해질 때 섬도 살아 있는 거죠. 어찌 보면 섬도 혼자 살 수는 없는 거고, 사람도 혼자서는 살 수가 없는 거죠. 저도 예전에는 우도 풍경이 눈에 안 들어왔어요. 사실 자연이 나를 키우고 있다는 것도 인식 못했죠. 도시에서 살아가면서 너무 힘든 시기에 다시 걷게 하고, 스스로 회복할 수 있는 힘을 준 게 자연이더라고요. 그렇게 생각하니까 우도가 소중하고 고마울 수밖에 없어요. 우리 자식 중에 누군가 하나가 나처럼 힘들 때 이 자연이 도움을 줬으면 좋겠단 생각이 들어요. 그러면 우도를 지키고 싶은 마음이 엄청나게 커지죠.

오며가며
들락날락

아끼는
마을 공간과
책방

밤수지맨드라미
북스토어

오봉리
사무소

비양도

빈티지 무드

하우목동포구

연평리

우도
면사무소

우도초등학교

영일동포구

검멀레
해수욕장

우도밥상

우도등대

우영팟민박

우도항

소머리오름

성산포항

우도천진항

빈티지 무드   제주시 우도면 상우목길 22

커피, 와인, 빈티지 샵. 외지에서 온 가족들이 운영하는 곳으로 옛집을 리뉴얼해서 만든 공간이다. 강윤희 삼춘은 작지만 우도스러운 공간이라며 꼭 방문해 볼 것을 추천했다.

우도밥상   제주시 우도면 우도해안길 170

우도 주민이 운영하는 곳으로 회, 해산물, 갈치조림, 고등어조림, 우도산 성게덮밥 등 다양한 해산물 요리를 맛볼 수 있는 식당이다.

[우도 책방]

밤수지맨드라미 북스토어   제주시 우도면 우도해안길 530

우도의 유일한 서점이다. 소설, 에세이 등 문학부터 제주 관련 서적, 독립출판물 등 다양한 책이 갖춰져 있다. 우도와 관련된 행사나 전시, 독서클럽 등을 진행하며 우도 주민들과 함께 상생하고 있는 서점. 풍랑주의보 땐 쉬어 간다.

바다와 동굴을 품은
김녕마을

어두운 동굴의 끝을 찾아 나선,
꼬마 탐험대

선택적 길 잃음

목적지를 향해 차로 달리다 네비게이션의 안내에 따르지 않고 불쑥 해안도로로 진입할 때가 있다. 약속 시간까지 여유가 있거나 바다 풍경이 아름다운 곳을 지날 때 주로 그렇다. 특히 김녕 해수욕장 근처를 지나는 날은 시간이 없더라도 어김없이 해안도로를 따라 달리고 싶은 충동이 든다. 오늘도 조금 돌아갈까? 김녕 해수욕장 표지판을 따라 바다 방향으로 핸들을 꺾는다. 그렇게 바다를 보며 해안도로를 따라 달리다 보면 또 한 번 충동이 든다. 잠깐 내릴까?

맑거나 흐리거나 비바람이 불거나, 봄, 여름, 가을, 겨울 사계절 언제나 김녕 바다는 아름답다. 제주 동쪽에서 가장 물빛이 아름다운 해변 중 하나고 해수욕하기도 좋아서 여름이면 김녕 성세기 해변은 여행자로 가득하다. 나는 종종 김녕

성세기 해변 바로 옆 세기알 해변에서 해수욕을 한다. 돌이켜 보니 제주의 수많은 바다 중 함덕 해수욕장 다음으로 가장 많이 눈으로 보고, 발을 담근 바다가 김녕이다.

하지만 다른 해수욕장에 비해 바다와 마을 사이 거리가 먼 편이라 김녕마을에는 가 본 적이 없었다. 늘 차로 지나칠 뿐이었다. 그러다 어느 날 오연숙 삼춘과 함께 마을을 걷는 기회를 갖게 되었다. 이런 기회는 놓치면 안 된다. 마을을 안내해 준 오연숙 삼춘은 30여 년 전 결혼하며 김녕에서 살기 시작했다고 한다. 30년 동안 수도 없이 걸었을 길을 함께 걸으며 김녕에 대한 흥미진진한 이야기를 들었다.

김녕은 바다가 아름다울 뿐 아니라 예로부터 상권이 발달한 큰 마을이었단다. 시장과 극장이 있었다고 하니 그 규모가 짐작이 되고도 남는다. 지금도 마을 안에는 극장이었던 건물이 그대로 남아 있다. 지금은 벽에 극장 간판 대신 학원 간판이 걸려 있는데 학원조차 문을 닫은 지 오래인 듯 간판이 무척 낡았다. 그 외에도 조일미용실 등 한자리에서 오랫동안 문을 열어 온 가게를 어렵지 않게 찾아볼 수 있다. 김녕마을 안에 이런 오래된 상업용 건물이 남아 있는지 꿈에도 몰랐다. 마치 오래전 제주를 배경으로 한 영화 속을 걷고 있는 듯한 기분이 들었다. 그리고 김녕초등학교 앞에서 영화보다 더 영화 같은 이야기를 듣게 된다.

1945년 광복 직후 김녕초등학교에 갓 부임한 20대 초반의 부종휴 선생님은 화산섬 제주라면 어딘가 용암 동굴이 분명 있을 것이라 믿고 주변을 유심히 살피다 동굴로 보이는 입구를 발견했다. 그리고 김녕초등학교 5~6학년 학생 30명과 함께 탐험대를 조성해 동굴 탐험을 시작했다. 조명도 탐사 장비도 제대로 없던 시절, 복장도 제대로 갖추지 못해 짚신을 신은 채 나선 길이었다.

하지만 부종휴 선생님과 30인의 꼬마 탐험대의 탐사는 우리의 짐작보다 본격적이었다. 탐험대는 횃불을 들어 어두운 동굴을 밝히는 횃불반, 불을 피울 연료가 되는 휘발유통을 운반하는 보급반, 20미터 노끈으로 동굴의 길이와 높이와 폭을 재는 측량반 세 팀으로 나누어서 동굴 탐험을 진행했다. 1차 탐사는 시신을 발견하면서 아쉽게 중단되었다.

부종휴 선생님은 쉽게 포기할 사람이 아니다. 잠시 숨을 고른 뒤 이내 2차 탐사를 시작했다. 첫 탐사보다 2차 탐사는 더 용기가 필요했을 지도 모르겠다. 탐사는 언제든 다시 중단될 수 있고, 실패할 가능성도 높았다. 꼬마 탐험대의 부모님들 걱정도 더 커졌을 것이다. 이 동굴이 어디까지 이어질지, 과연 이 동굴에 끝이 있긴 한지, 여전히 결과를 예측할 수 없는 탐사였다. 하지만 선생님과 학생들은 어둡고 축축한 길을 횃불 하나에 의지하며 서로를 믿고 걸었다. 과연 그들은 동굴의 끝을 만났을까?

시간이 많이 흘러 부종휴 선생님은 돌아가셨고, 현재 꼬마 탐험대 30명 중 3명이 생존해 있다. 그중 한 분의 증언에 따르면, 이 굴이 정말 끝이 있을까? 반신반의하며 줄을 이어 가며 걷던 중 동굴 반대편에서 날아오는 박쥐를 만났다고 한다. 끝이 있다는 증거다! 더 가자! 하며 으싸으쌰 탐험을 이어 갔고 결국 동굴의 다른 입구, 끝에 다다르게 되었다.

"만세를 부르고 난리였지!"라는 소회에서 그 순간의 분위기를 짐작할 수 있다. 끝을 알 수 없는 캄캄한 길을 선생님과 학생들이 서로 의지하며 걷는 마음. 그러다 박쥐라는 희망을 만나고, 다시 걸음을 이어 가다 끝내 저 끝의 빛을 발견한 후의 벅참을 상상해 봤다. 70여 년 전 김녕마을에서 있었던 영화 같은 사건.

부종휴 선생님과 30인의 꼬마 탐험대가 발견한 동굴은 그 유명한 만장굴이다. 1년 동안 5번의 탐사를 이어갔고, 만장굴 7.4 킬로미터 전체와 3개의 입구를 탐사하고 이를 세상에 알렸다. 부종휴 선생님은 길다는 의미의 '만' 그리고 제3 입구의 옛 이름인 '만쟁이 거멀'의 장자를 따서 만장굴이라고 이름을 붙이고, 1947년 2월 24일 '만장굴' 선포식을 했다. 만장굴은 1962년 천연기념물 제98호, 2007년 유네스코 세계유

산으로 지정되었다. 부종휴 선생님은 그 후로도 빌레못동굴, 수산동굴 등 제주의 많은 동굴을 탐험하고, 한라산에서 자생하는 야생 식물을 찾아 관찰하는 등 제주의 지질과 생태를 연구했다. 그 열정은 탐험에 그치지 않고 1969년 만장굴에서 동굴 결혼식을 하는 등 홍보에도 힘써, 제주 자연문화의 가치를 널리 알리기도 했다.

80여 년 전, 만장굴을 탐험한 부종휴 선생님과 30인의 꼬마 탐험대 이야기를 들은 뒤로 김녕이 다시 느껴진다. 김녕의 삼춘들 한 명 한 명이 예사롭지 않게 보인다. 꼬마 탐험대였던 어린이들이 김녕마을에서 그 후 일상을 살았을 생각을하면 마치 평범한 시민인 척 사람들과 섞여 살아가는 히어로같다는 생각이 든다. 평범해 보이는 초등학교에서 일어난 영화 같은 일이 나의 평범한 하루까지 조금 설레게 만든다. 그러니 김녕을 걸을 땐 꼬마 탐험대를 꼭 기억하세요.

아끼는 마을 공간과 책방

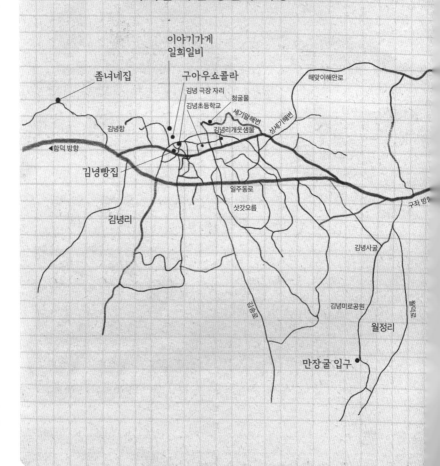

이야기가게
일희일비

좀녀네집

구아우쇼콜라

해맞이해안로

김녕 극장 자리

청굴물

김녕초등학교

세기알해변

김녕항

김녕리개웃샘물

성세기해변

◀함덕 방향

김녕빵집

일주동로

구좌 방향

김녕리

삿갓오름

김녕사굴

김녕미로공원

월정리

만장굴 입구

170

좀녀네집   제주시 구좌읍 김녕리 6145

김녕 해안도로가에 위치한 소박하고 운치 있는 식당. 성게전복죽, 문어먹물죽, 모듬 해산물 등 제주의 바다를 담은 음식을 김녕 바다를 바라보며 맛볼 수 있다. 다만 예약하고 가지 않으면 환영받지 못할 수도 있다.

구아우쇼콜라   제주시 구좌읍 김녕항2길 14 양옥 1F

초콜릿에 진심인 곳. 현무암을 형상화한 현무초콜릿을 맛볼 수 있으며 쇼콜라쇼(핫초코), 100퍼센트 카카오수프, 위스키 쇼콜라쇼 등 쇼콜라를 활용한 다양한 음료가 준비되어있다.

이야기가게 일희일비   제주시 구좌읍 김녕항3길 26

김녕 해안가를 따라 걷는 올레길 19코스와 20코스가 만나는 곳에 위치한 작고 아늑한 동네책방. 김녕 금속공예 벽화마을과도 가까워 김녕마을을 걷다가 자연스럽게 들르기에 좋다. 출판사 일희북스도 함께 운영하는데 일희북스에서 만든 책은 이곳에서만 구매할 수 있다.

모슬포에서 만난
아픔의 역사

평화의 섬 제주,
그 안의 눈물

이방인

　　고백부터 하고 시작하자면 그동안은 글 쓰는 일이 어렵지 않았다. 내가 경험한 것, 본 것, 느낀 것을 쓰는 일은 어렵지 않다. 나에게만 집중하면 되니까. 어떤 글들은 특히 더 그랬다. 남미를 여행하며 글을 썼고, 바르셀로나에서 생활하며 또 글을 썼다. 그곳에서 나는 확실한 이방인이었다. 그래서 내가 보고 느낀 남미와 바르셀로나에 대해 거침없이 말할 수 있었다. 이방인이라는 게 면죄부는 아니지만 '이방인의 시선'에는 처음부터 어느 정도 오류도 포함된 것이 사실이니까. 게다가 남미나 스페인 사람들이 내 글을 읽을 확률은 무척 적으니 눈치 볼 필요도 없었다.

　　에세이를 쓰는 일은 인생을 두 번 사는 일과 비슷하다고 생각한다. 경험하는 순간 한 번, 글로 옮기는 동안 한 번 더 생각하고 느낄 수 있었다. 나는 주로 즐거운 일, 좋았던 것에 대해서만 쓰기 때문에 글 쓰는 일도 즐거웠다. 그런데 이번 글은 한 글자 한 글자 이어가기가 무척 어렵다. 이미 마감을 한참 넘기고 있다. 한 문장 썼다가 두 문장을 지운다. 글이란 걸 처음 쓰는 사람 같다. 실은 처음이다. 즐겁지만은 않은 이야기를 쓰는 마음, 써야 하는 시간.

누군가 나에게 "도민이냐?"라고 질문하면 당연히 "그렇다"라고 답해야 할 것 같지만, 나는 "제주 이주한 지 10년 좀 넘었다"라고 길게 대답한다. "네" 또는 "아니오"라고 말할 수가 없다. 물론 항공권을 예약할 때 제주 도민 할인 10퍼센트(정가 기준)를 받는 주민등록상 도민이지만, 질문한 사람이 말한 '도민'의 의미는 대부분 그게 아니다. 보통 여기서 나고 자란 사람이냐는 의미다.

언젠가 탄 택시의 기사님께서 본인은 제주 산 지 20년이 훨씬 넘었지만 아직 도민으로 인정받지 못하는 '육지 것'이라고 말씀하신 적이 있다. 부모까지 제주도에서 태어나야 도민으로 인정받는다는 이야기도 덧붙이셨다. 제주에서 앞으로 10년을 더 살아도 나는 여전히 '육지 것'이다. 제주도에서 나는 영원히 이방인인 걸까? 이방인이라는 말의 반대편에 '괸당'이 있다.

제주에는 괸당 문화가 있다. 괸당은 친족과 외척을 아울러 이르는 말인 '권당'의 제주말이다. 친가를 성펜괸당, 외가를 웨펜괸당이라고 하고, 결혼해서 생긴 괸당을 처괸당, 시괸당이라고도 부른다. 친척 관계인지 굳이 따져 보지 않더라도 섬의 특성상 한 다리 건너면 다 아는 사이다.

그래서 제주에서는 운전 중 접촉 사고가 나도 싸우지 않는다. 육지에서는 접촉 사고 현장에서 목소리 큰 사람이 이긴다고 해서 언성을 높이며 잘잘못을 가리려는 모습을 자주 목격했다. 하지만 제주에서는 사고가 나면 서로 말을 섞지 않고 멀찌감치 떨어져서 보험사를 기다린다. 혹시나 상대가 건너건너 아는 사람일 수도 있기 때문이다. 아버지의 직장 동료이거나, 사돈의 친구일 수도 있으니 일단 몸을 사린다.

제주 시내 나이트클럽에서 등을 맞대고 춤을 추다 고개를 돌렸는데, 사촌동생이었다는 웃지 못할 이야기도 들은 적이 있다. 병원 대기실 같은 곳에서 서로 "오랜만이다. 잘 지냈냐" 인사하는 사람들도 자주 본다. 그만큼 제주도는 좁고, 아는 사람 만나는 일이 잦다.

처음 제주에 이사 왔을 때 가장 이해하기 어려운 게 괸당 문화였다. 이주민 입장에서 배척으로 느껴지기도 했다. 육지 것들은 왔다가 결국 떠나니까, 헤어지는 아픔 때문에 정을 주지 않으려고 하나? 침략의 역사 때문인가? 도민들의 심정을 미루어 짐작해 보기도 했다. 그것도 이유일 수 있겠지만, 일부에 불과하다는 사실을 이제 조금 알 것 같다.

제주를 찾은 사람 대부분은 제주도의 아름다운 풍경 뒤 상처에는 관심이 없다. 쉬러, 즐기러, 누리러 제주에 온 사람들은 딱 보고 싶은 만큼만 본다. 내가 보고 싶은 제주도의 모습을 골라서 보고 느끼며 내가 하고 싶은 여행을 한다. 나도 그랬다. 여행하며 본 제주도의 모습이 내 눈에 참 좋았고, 이주를 결정했다.

이주한 뒤에도 제주도의 과거 상처에는 크게 관심이 없었다. 내가 제주도에서 할 수 있는 최소한의 실천은 지금의 제주에 상처를 더하지 않는 것이라고 생각했고, 제주 환경을 지키기 위해 할 수 있는 일을 할 뿐이었다. 제주를 충분히 사랑하는 시늉을 했다. 그리곤 내가 보고 싶은 제주만 보며 살았다.

제주에 사는 일은 매일 푸른 바다를 만나고, 장엄한 한라산과 눈을 마주치는 일이기도 하지만 동시에 일상 속에서 끝없이 4·3사건을 비롯한 근현대사를 마주하는 일이다. 도민들이 숨기지는 않지만, 굳이 드러내지도 않는 상처를 제주에 살며 조금씩 만나게 되었다. 자연스럽게 귀에 들리고 눈에 보였다. 그러다 보니 관심이 갔고, 살피기 시작했다. 애틋한 마음으로 그 상처를 들여다보기 시작했다. 그리고 나는, 제주를 더 사랑하게 되었다. 이 이야기를 하고 싶었다. 아주 잘해야 하는 이야기다. 결코 당사자가 될 수 없는 영원한 이방인인 나는 이 이야기를 끝까지 잘할 수 있을까.

일제강점기부터 4·3사건, 한국전쟁 등 제주를 할퀴고 지나 간 사건을 직접 경험한 제주의 삼춘들이 여전히 제주 땅 위에 서 살고 있다. 그들은 그 이야기를 쉬이 밖으로 꺼내지 않았 다. 최근 들어 조금씩 이야기하기 시작했지만, 불과 얼마 전까 지만 해도 쉬쉬하며 속으로 삼키기만 했다. 다큐멘터리 〈수프 와 이데올로기〉는 4·3사건을 경험한 양영희 감독의 어머니 이야기다. 하지만 어머니는 최근까지도 제주도를 입에 올리지 않으셨다. 제주도에 한 번도 가본 적 없는 것처럼 말씀하셨던 어머니는 평생 묻어 둔 제주 이야기를 조금씩 들려주신다.

제주 도민들에게 4·3사건은 내가 겪은 일이거나 나의 할 아버지가, 나의 어머니가, 나의 친애하는 괸당이 겪은 일이다. 삼춘들에게 이야기를 듣고 관련 자료를 공부하고 현장에 가 보더라도, 그 상처와 슬픔을 내가 온전히 이해할 수는 없다. 그래서 두려웠다. 내가 이 이야기를 전해도 될까. 이방인의 시 선으로 섣부른 감상을 전하게 되지는 않을까. 나는 제주를 대 상화하지 않을 수 있을까. 이런 생각들이 쌓여, 오늘도 높은 벽 을 맨 몸으로 타고 넘는 마음으로 한 자 한 자 이어 간다.

모슬포 이야기를 하려고 한다. 여행자들이 방어회를 먹기 위해 찾는 곳, 마라도와 가파도로 가는 배를 타기 위해 스치는 곳. 모슬포 마을에서 내가 만난 이야기. 이방인의 시선으로.

🍓 관광지로서의 모슬포

내가 살고 있는 곳은 제주 북동쪽 조천읍이다. 정반대쪽인 남서쪽 모슬포에는 1년에 한 번도 잘 가지 않는다. 제주도민이 특별한 볼일 없이 한 시간이 넘게 걸리는 곳에 가는 일은 흔치 않다. 오죽하면 서쪽과 동쪽에 떨어져 사는 가족들은 명절 때만 만난다는 이야기도 있다. 과장이 아니라 사실이다. 모슬포에서 태어난 지인은 제주 시내 안에서도 서쪽에 있어야 마음이 편하다고 했다. 모슬포 괸당들도 대부분 제주시내에서도 서쪽에서 산단다. 우스갯소리로 들릴지 모르겠지만, 솔직한 이야기다. 그만큼 제주도에서 동과 서의 거리감은 엄청나다.

오히려 여행 삼아 제주에 왔을 때 모슬포에 더 많이 갔던 것 같다. 모슬포항 앞의 식당에서 고등어회도 먹고, 항구에서 배를 타고 가파도에도 다녀왔다. 하지만 제주로 이사를 온 뒤론 고등어회나 방어회를 먹으러 굳이 모슬포항까지 가지 않고 제주 시내 횟집에서 먹는다. 가파도는 4월경 청보리철에 친구나 가족이 여행 오면 종종 찾는다. 하지만 가파도에 갈 때도 모슬포항으로 직행하고, 모슬포항 주변을 둘러볼 생각은 거의 하지 않았다. 평범한 항구 도시겠거니 속단했다. 그러니 어디에 내려놓아도 지도를 보지 않고 길을 찾을 수 있는 제주의 동쪽에서 누군가 나에게 이방인이라고 하면 조금 섭섭한 기분이 들기도 하지만, 모슬포에선 상대적으로 이방인이 맞다. 대정읍에 속한 14개 리를 머릿속에 그릴 수 없으니까.

사실 지금 대정읍사무소 홈페이지에 들어가서 처음 알았다. 대정읍에는 무려 상모리, 하모리, 동일리, 일과리, 인성리, 안성리, 보성리, 신평리, 구억리, 가파리, 마라리, 영락리, 무릉리, 신도리 총 14개의 법정 리가 있다. 그중에서 모슬포항은 하모리에 속한다. 그리고 바로 옆에 상모리가 있다. 상모리와 하모리는 다시 3개의 행정리로 나뉜다.

제주의 북동쪽에서 출발해 남서쪽으로 갈 때마다 다른 섬에 온 것 같은 느낌을 받는다. 애월읍과 조천읍을 잇는 애조로를 타고 제주시 동쪽에서 서쪽까지 달린 후 평화로로 갈아타고 제주 북서쪽에서 남서쪽으로 달리다 보면 저 멀리 우뚝 선 산방산이 눈이 들어온다. 그 순간, 나는 종종 "아, 제주도다!"를 외친다. 이 "제주도다!"라는 감탄사 안에는 아름답다, 낯설다, 신기하다 같은 여행지에서 느끼는 감상이 숨어 있다. 재미있는 사실은 제주 서남쪽에 사는 사람들은 제주 동쪽에 오면 '아, 제주도다'라고 생각한다고 말한다.

🍓 모슬포 시간 여행

한 시간 이상을 달려 모슬포항이 있는 마을 상모리와 하모리로 여행을 떠났다. 하모리와 상모리를 넘나들며 여행을 할 예정이라 편의상 두 마을을 통틀어 '모슬포'라고 부르려고 한다. 종종 동일리 등 주변 마을도 언급할지도 모르겠다. (하모리와 상모리, 동일리의 삼춘들 이해해 줘서양.) 모슬포 여행의 콘셉트는 시간 여행! 본격적인 여행에 앞서 가장 먼저 옛 대정면사무소로 향했다. 이곳은 현재 '대정현 역사 자료 전시관'으로 활용 중이다. 내가 갔을 때 문이 열려 있었는데, 관리인은 없었다. 사람이 아무도 없는 역사 자료 전시관에서 대정현으로 불리었던 조선시대부터 최근까지 대정읍의 역사를 천천히 살피다 문득 등골이 서늘해지는 기분이 들었다.

그곳에는 대정읍의 영광보다는 상처가 기록되어 있었다. 상처의 기록을 읽자니 과거에 대정읍에서 억울하게 세상을 떠난 사람들 숨결이 바로 옆에서 느껴지는 듯하다. 사람들이 빽빽하게 서 있는 틈을 비집고 걷는 것 같다. 하지만 무섭다기보다는 슬퍼서, 천천히 걸으며 모든 이야기를 읽어 내려고 애썼다. 나는 시간 여행 중이고, 대정읍 상모리와 하모리의 과거와 현재를 알고 싶어서 모슬포를 걷기 전, 이곳을 가장 먼저 찾았으니까.

대정읍은 1956년 면에서 읍으로 승격했다. 대정현 역사 자료 전시관으로 쓰이고 있는 건물 대정면사무소는 1955년에 지었는데 당시 2층 건물이면 상당히 큰 건물에 속한다. 대정읍의 옛 영화를 보여 주는 건물인 셈이다.

1950년대 이전에도 모슬포는 대정읍의 중심지였다. 그 증거는 나처럼 모슬포의 역사를 잘 모르는 사람들도 쉽게 찾을 수 있다. 대정초등학교는 1908년에 개교했으며 제주시내 제주북초등학교 다음으로 오래된 학교다. 학교의 역사는 마을의 역사라는 사실을 모슬포에서 또 한 번 확인한다. 조선시대까지 거슬러 올라가도 대정읍은 그 존재감이 뚜렷하다. 일단 제주도는 제주목, 정의현, 대정현으로 나뉘어 있었다. 대정현의 중심지는 대정현성이 있던 자리로 보성리, 안성리, 인성리 일대였다. 모슬포항에서 4킬로미터 정도 떨어진 곳에 있던 대정현성은 왜구의 침입을 막기 위해 축성한 성으로 둘레 1227미터, 높이 약 5미터로 지어졌다. 현재는 아주 일부 흔적만 남아 있다.

조선시대 이야기가 나왔으니 갑자기 퀴즈 하나 내 볼까 한다. 제주도에는 돌하르방이 몇 개 있을까? 이 질문을 제주도에 살고 있는 친구에게 했더니 "3000개!"라고 외쳤다. 저런! 물론 돌하르방 모양을 한 돌은 수도 없이 많다. 3000개가 뭐야, 아마 3만 개는 훌쩍 넘을 것 같다. 하지만 모두 가짜! 제주도에 진짜 돌하르방은 48개며 현재 47개만 남아 있다. 진짜 돌하르방이라니! 48개뿐이라니! 친구를 비롯해 처음 듣는 사람을 위해 조금 더 자세히 설명하자면, 돌하르방 24개는 제주목에, 12개는 정의현에, 12개는 대정현에 세워졌다. 제주목에 있던 24개 돌하르방 중 1개는 소실되었고, 2개는 경복궁 국립민속 박물관으로 옮겨져, 엄밀히 말하면 현재 제주도에 있는 돌하르방은 48개에서 3개를 뺀 45개다.

돌하르방의 숫자가 4의 배수로 딱 떨어진다는 점이 눈에 들어온다. 분명 아무 데나 돌하르방을 세웠을 것 같지는 않다는 합리적 추론을 하게 된다. 조선 말 제주목의 제주성, 대정현의 대정현성, 정의현의 정의현성의 문 앞에 돌하르방을 세웠으며 제주성 동문, 서문, 남문에 8개씩 24개. 대정현성과 정의현성 동문, 서문, 남문에 4개씩 12개, 합쳐서 48개를 세웠다고 전해진다. 돌하르방은 성문 앞에 서서 읍성을 수호하는 역할을 했다.

돌하르방이라는 친근한 이름은 1971년 제주특별자치도 민속문화재로 지정되며 지어졌고 그 전에는 이름이 없었다. 흥미로운 건 지역마다 돌하르방의 얼굴이 다르다. 제주목의 돌하르방은 눈, 코, 입이 크고 약 187센티미터의 키, 정의현 돌하르방은 141센티미터 키에 얼굴이 약간 울상이다. 대정현 돌하르방은 웃고 있으며 키가 136센티미터 정도로 비교적 아담하다. 여기에도 이유가 있을 것 같은데, 돌하르방에 대한 연구는 계속 이어지고 있으니 더 많은 이야기를 들을 수 있기를 기대한다. 성문 앞에 있던 48개 돌하르방을 제외하면 모두 가짜라고 말하긴 했지만, 퀴즈의 재미를 위한 과장 섞인 표현이었다. 문화재로 지정된 돌하르방은 48개이지만 나머지 수천수만 개의 돌하르방도 모두 돌하르방이다. 아닐 리가.

🪨 제주에 있는 군대의 흔적

대정현 역사 자료 전시관에 있던 수많은 이야기들을 머리와 가슴에 담고, 이제 밖으로 나가 길을 걸으며 그 이야기들을 직접 확인할 차례. 첫 목적지는 강병대 교회다. 대정현 역사 자료 전시관에서 나와 3분 정도만 걸어가면 닿는다. 이곳에서 모슬포 시간 여행을 시작하는 데는 이유가 있다. 이유를 이야기하기 전에 또 퀴즈 하나. 모두가 알다시피 육군 제2훈련소는 논산에 있다. 그렇다면 제1훈련소는 어디일까?

육군 제1훈련소는 제주도, 그중에서도 서귀포시 대정읍에 있었다. 많은 사람들이 제주는 대한민국 최남단에 있는 섬이라 한국전쟁 중에도 안전했을 거라고 생각하곤 하지만, 그렇지 않다. 4·3사건이 진정 국면에 접어들 무렵 한국전쟁이 발발했고, 그중에서도 모슬포는 전쟁의 영향을 많이 받았다. 한국전쟁 당시 대구에 제1훈련소를 창설했는데 1951년 1·4 후퇴가 시작되자 육군은 제1훈련소를 모슬포로 옮겼다. 모슬포 제1훈련소에서는 약 50만 명의 군인이 훈련을 받고 자대로 배치받았다고 전해진다. 휴전 이후 대부분의 훈련이 제2훈련소로 옮겨 갔고, 모슬포의 훈련소는 1956년 4월 30일에 폐쇄되었다. 제1훈련소의 정문 기둥은 모슬포로 들어가는 길 입구에 지금도 여전히 남아 있어서 이곳에 육군 훈련소가 존재했었다는 사실을 알게 해 준다.

그 외에도 모슬포에는 군대가 주둔했던 흔적이 많다. 그 대표적인 건축물인 강병대 교회는 1952년에 건립되었다. 강병대強兵臺는 육군 제1훈련소의 명칭이다. 훈련 장병의 정신력 강화를 목적으로 훈련소장의 지시에 따라 건축을 시작했으며 민간 건축 기술자의 참여 없이 대정현성의 돌을 가져다 군인들이 직접 4개월 만에 지은 건물이다. 현무암으로 벽을 쌓고 목조 트러스 위에 함석지붕을 씌운 강병대 교회는 육군 제1훈련소의 지휘부로 활용되기도 했고, 유치원과 야학이 운영되기도 했다. 현재는 국가등록문화제 제38호로 지정되어 처음 용도에 걸맞게 실제 군인 교회로 사용하고 있다. 그리고 또 많은 사람들이 모르고 있는 사실 하나를 발설하자면, 태권도의 발상지가 바로 모슬포다. 제1훈련소에서 처음 태권도가 시작되었으며 모슬포에는 이를 기념하는 '주먹 기념탑'이 있다.

대정읍이 다른 마을에 비해 과거 모습이 담긴 사진 자료나 기록이 많이 남아 있는 이유는 이처럼 군부대가 있던 마을이라 그렇다. 제1훈련소뿐 아니라 한국전쟁 당시부터 1990년까지 미군부대(미8군 예하부대)가 모슬포에 주둔했다. 그래서 모슬포에는 유독 빵집이 많다. 지금은 사라졌지만 예전에 모슬포 번화가에 있던 맛나당 빵집은 이중섭 화백이 조카 이영진과 장미석을 만나던 장소로도 알려져 있다. 서귀포에 살던 이중섭 화백이 조카에게 돈을 빌리러 올 때마다 맛나당에서 만났다는 이야기가 전해진다. 모슬포에는 밀면집도 많다. 북에서 제주로 피난 온 사람들이 밀면 만드는 방법을 전수해 주었다고 한다.

피난민의 밀면집과 미군의 빵집이 모인 옛 모슬포 시내를 떠올려 본다. 미군과 피난민들, 모슬포 주민들과 훈련병이 오고 가며 북적거렸던 모습이 어렵지 않게 그려진다. 군부대와 함께 건물이 들어서고 사람들이 모이고 번성했던 대정읍은 1970년대부터 쇠퇴하기 시작했다. 하지만 지금도 모슬포에는 3대 밀면집이라 불리는 산방식당과 하르방밀면, 그리고 1954년부터 3대째 운영 중인 영해식당을 비롯한 밀면집들이

존재한다. 모슬포 주민은 물론 여행자도 줄을 서서 밀면을 먹고 간다. 신세계제과, 온누리빵집 등 대를 이어 운영하는 오래된 빵집을 찾는 것도 어렵지 않다. 모슬포에는 오래 명맥을 유지하는 가게들이 유난히 많다. 백년가게(정부에서 인증한 오랜 경험과 노하우를 가진 가게)로 지정된 가게가 서귀포시에는 여섯 곳인데 그중 대우미용실, 중앙사진관, 백화서점, 신세계제과점 등 네 곳이 모슬포에 있다.

신구가 조화롭게 모여 있는 모슬포 시내를 걷다 보니 자주 카메라를 꺼내 사진을 찍게 된다. 오랜만이다. 늘 작은 스냅 카메라를 들고 다니지만, 잘 꺼내지 않았다. 카메라를 들고 셔터를 누른다는 건 지금 내가 설렌다는 증거. 내가 좋아하는 여행이 이런 거였다. 바다도 산도 좋지만 작은 도시의 골목을 걷는 일만큼 나를 흥분시키는 일은 없다. 그동안 걸었던 여행지의 골목을 떠오르게 하는 모슬포의 마을길, 익숙한 것과 낯선 것이 섞인 거리의 모습이 반갑다.

한걸음 더 안쪽 골목으로 들어가 보기로 한다. 중심 거리에서 한 발자국 들어간 골목을 걷는 일은 설레는 일이지만 동시에 약간 두려운 일이기도 하다. 하지만 저만치 골목 담벼락에 벽화가 그려 있다면 어떨까? 저 골목에 들어서도 될까? 길을 잃진 않을까? 하는 두려움을 뒤로 하고 그림을 향해 한걸음 다가가게 된다. 그렇게 다가간 골목 어귀에 '하모안심길'

이라는 팻말이 마중을 나와 있다.

　"'밤바다를 밝히는 등대의 존재처럼 어두운 마을을 밝혀 주는 하모안심길'을 거닐다 보면 귀여운 고양이를 만날 수 있어요. 안심하고 함께 길을 걸어 보세요. 밤길을 거닐 땐 '조용조용히' 잠든 주민들을 위해 밤의 고요를 지켜 주세요. 위급한 상황에 처했을 때에는 지도에 표시된 곳의 비상벨을 이용해 도움을 요청하세요."

　하모안심길은 범죄예방 환경 개선 디자인 사업으로 조성되었으며 제주도가 주민들과 함께 운영한다. 어두운 밤거리를 밝히는 태양광 벽부등, 바닥등, 그리고 안심 비상벨과 CCTV가 설치되어 있다. 길 중간에 쉼터도 있고, 간이 의자도 설치되어 있다. 작은 마을은 해가 지면 인적이 드물어지지만 하모안심길이라면 밤에도 안심이다. 다정한 안내 문구 덕에 고양이를 만날지도 모른다는 설렘이 더해져 발걸음이 가볍다. 골목 중간중간 둥근 반사경에 고양이 귀도 달려 있다. 이토록 귀여운 길이라니!

　하모안심길을 넘나들며 걷는 동안 역사적으로 의미 있는 건물 외에도 소박하게 낡은 오래된 상점과 간판에 눈길이 간다. '저 가게가 지금 운영 중인 건가?' 하는 궁금증이 드는 낡은 간판이 상당히 많았고, 그때마다 그곳의 과거와 현재를 동시에 상상하게 되었다. 문을 두드리고 들어가 오래된 건물의 이야기를 듣고 싶다는 생각이 자주 들었다. 그러다 그 가게 문을 열고 나오는 상인의 모습과 눈이 마주치자 번뜩 정신을 차렸다. 저 상점은 과거가 아닌 현재다.

제주도, 특히 인적이 드문 중산간 산골에 살다 보면 종종 마음이 느슨해지곤 한다. 시간과 공간의 감각이 희미해진다. 여유가 있다는 건 좋은 일이지만 그러다 보면 생활의 감각을 놓치게 되는 경우가 있다. 오래된 간판은 상점의 역사를 보여준다. 수십 년간 한 장소에서 상점을 운영해 온 상인이 존경스럽다. 그러니 나도, 열심히 살아야겠다는 생각을 한다. 걸음이 씩씩해졌다. 나태해지는 날 다시 또 모슬포를 걸어야겠다고 적는다.

과거의 모습을 그대로 살려 그 후손이 카페로 운영하는 곳들도 있다. 모슬포항에 있는 앙카페는 아버지가 운영하던 이발소 해성이용원을 카페로 바꾼 곳이고, 모슬포 시내의 모슬포정미소는 할머니와 부모님이 쌀을 빻아 떡을 만들던 정미소 자리에서 바리스타가 된 손녀가 커피를 내린다.

레몬트리 게스트하우스는 예전 여관 자리에 그대로 운영 중인 숙소라 의미 있다. 다음에 모슬포에 여행을 오면 레몬트리게스트하우스에 묵어야지. 슈퍼마켓인 정마트는 극장이었던 자리다. 극장으로 쓰이기 전 한국전쟁 당시에는 고구마 빼떼기(얇게 썰어 말린 고구마) 창고였다고 한다.

🍓 영원히 잊지 않겠다는 이야기

여행자들에게 정마트는 그냥 평범한 읍내 마트처럼 보인다. 그러나 모슬포 사람들에게 정마트는 어두운 역사를 가지고 있는 슬픈 장소다. 나도 정마트 자리에서 있었던 이야기를 들은 뒤부터는 근처를 지날 때면 어깨를 펴고 심호흡을 하게 된다.

한국전쟁 초기 이승만 정부는 예비 검속이라는 이름으로 농민, 마을 유지, 교육자, 공무원, 학생 등을 무차별적으로 모두 잡아들였다. 이들을 북한군에 협조할 우려가 있는 잠재적 적으로 간주했지만 근거는 없었다. 이때 제주 전역에서 도민 1000여 명이 강제로 끌려갔다. 그중에서 모슬포 경찰은 한림, 대정, 안덕면 주민 344명을 예비 검속해 한림항 어업 창고와 모슬포 고구마 창고, 무릉지서에 구금했다. 영문을 모른 채 창고에 갇힌 사람들을 위해 가족들은 문틈으로 음식과 옷을 넣어 주며 곧 풀려나기를 기대했다. 하지만 이곳, 정마트 자리 고구마 창고에 갇혀 있던 양민 130명은 구금된 지 얼마 지나지 않아 섯알오름에서 집단 학살을 당한다. 모슬포 시내 중심가 정마트 앞에서 처음 이 이야기를 들었을 때는 믿기 어

려웠다. 마을 한가운데서 이런 일이 벌어지다니. 아무리 변화했다한들 주민 모두 한 다리만 건너면 아는 사이일 작은 읍내 마을에서 모슬포 사람들은 대체 어떤 일을 겪은 거지?

1950년 8월 20일 모두가 잠든 새벽 5시, 창고에 갇혀 있던 사람들을 경찰들이 아무도 모르게 트럭에 태우기 시작했다. 사람을 가득 태운 트럭은 출발하자마자 진흙탕에 바퀴가 빠졌다. 그 자리가 정마트 바로 근처 사거리, 현재 대정떡집 앞이라고 한다. 마침 지나던 주민의 도움으로 차를 끌어냈고, 경찰은 그 주민까지 트럭에 태웠다. 그야말로 근거 없이 마구잡이로 사람을 잡아들인 것이다. 트럭은 시내에서 약 4킬로미터 떨어진 섯알오름에 멈췄다. 섯알오름에서는 그보다 앞선 7월 16일에 이미 1차로 20여 명이 학살되었고 한림 어업 창고와 무릉지서에 구금된 60명도 이곳에서 학살당했다. 그렇게 양민 252명이 법적 절차 없이 희생됐다.

섯알오름 내에 있는 알뜨르 비행장 고사포 진지는 1937년 중일전쟁 초기에 일본군이 제주 도민을 강제 동원하여 구축한 도내 최대의 탄약고였다. 해방 직후 1945년 9월 28일 미군에 의해 폭파되어 오름의 절반이 함몰되면서 큰 구덩이가 만들어졌다. 이곳 분화구 위에서 끔찍한 학살이 이루어졌다. 일제강점기와 한국전쟁을 겪으며 일본군과 미군 그리고 국가 권력에 의해 끊임없이 수난을 겪은 섯알오름 또한 안 쓰럽다.

당장 섯알오름에 가 봐야겠다. 정마트에서 섯알오름까지는 차로 이동했다. 이동하는 짧은 시간 동안 70여 년 전 트럭도 어쩌면 이 길을 달렸을까, 트럭 안에서 사람들은 무슨 생각을 했을까, 하는 생각을 떨쳐 내기가 어려웠다. 무거운 발걸음으로 천천히 걸어 섯알오름 정상에 섰다. 70여 년 전 이곳에서는 어떤 일이 있었을까. 그 내용이 상세하게 전해지고 있다.

해병대 모슬포 부대에서 차출된 대원들이 섯알오름 분화구 위에 서자 소대장이 총알을 나눠 주었으며 대대장은 "한 사람이 한 명씩 총살하라"고 명령했다. 대원들은 한 명씩 총살해 아래 분화구로 떨어뜨렸다. 섯알오름의 안내판 글을 읽으며 이 이야기를 해 주시던 삼춘에게 이 작은 마을 안에서 해병대 모슬포 부대 사람과 잡혀 온 민간인이 서로 안면이 있는 경우가 많았을 텐데, 어떻게 총을 겨눌 수 있었느냐고 물었다. 동네 주민에게 총을 겨눈 사람 중 지금까지도 괴로워하는 사람이 있지 않겠냐고 물었다. 또 그 이야기는 어디 가면 들을 수 있는지도 물었다. 삼춘은 부대원 대부분이 육지에서 온 사람이었다고 답하며 말끝을 흐렸다.

'아…….'

납득되면서 동시에 마음이 한없이 막막해졌다. 종종 경험한 도민들의 경계심을 이해할 수 있을 것 같았다. 실은 그 순간 완전히 이해할 것 같은 마음이 들었지만, 당사자나 당사자의 주변 사람이 아닌 이상 결코 다 안다고 말할 순 없다. 다만 '알 것 같았다'고 나만 들리게 나지막이 이야기할 뿐. 지금은 분화구로 내려갈 수 없도록 난간이 설치되어 있고, 움푹 파인 분화구에는 초록 풀이 자라고 있다. 삼춘은 분화구를 한번 내려다보라고 했다. 난간 가까이 서면 속절없이 끌려가 영문도 모른 채 그 자리에 서 있어야 했던 모슬포 주민의 심정을 천만분의 일이라도 가늠해 볼 수 있을 지도 모른다. 하지만 용기가 나지 않아 발을 땅에 붙인 채 멀찍이서 바라만 봤다.

학살 당일에 가족들이 바로 시신을 수습하러 섯알오름에 달려왔으나 계엄 군경은 무력으로 저지하고 이곳을 출입금지 구역으로 만들었다. 유가족들은 오랜 탄원 끝에 1956년 5월 18일 당국의 허가를 받아 시신을 수습했지만 이미 형체를 알 수 없는 상태였다. 신분이 확인된 17구의 시신을 제외한 나머지 132구의 시신은 큰 뼈를 대충 수습하여 묘지로 이장했다. '서로 다른 132명의 조상들이 한날한시 한곳에서 죽어 뼈가 엉기어 하나가 되었으니 그 후손들은 이제 모두 한 자손'이라는 의미로 '백조일손百祖一孫의 묘'라고 정했다. 사계리 공동묘지에 가면 백조일손의 묘를 확인할 수 있다. 1959년 5월 8일 묘역에 위령비를 건립하였으나 5·16군사정변 직후인 1961년 6월 15일에 경찰이 이를 파괴했다. 이런 수모를 겪고 30여 년이 지난 1993년 8월 24일에서야 새로운 위령비가 묘역에 건립되었다. 파괴된 위령비도 유리함에 보존하여 그 모습을 두 눈으로 확인할 수 있다.

현재 섯알오름 입구에는 섯알오름 예비 검속 희생자 추모비와 영구불망비가 세워져 있다. 그 앞에 가지런히 놓인 검정 고무신에 눈길이 간다. 1950년 8월 20일 새벽, 트럭에 실린 사람들은 모슬포 시내를 벗어날 때 마지막이라는 것을 직감하고 검정 고무신을 벗어던졌다. 가는 길을 가족들에게 알리기 위해서였다. 낯익은 검정 고무신이 안내하는 길을 따라 가족들이 달려왔을 때는 이미 모든 상황이 끝난 뒤였다. 소지품마저 모두 불에 타고 있었다. 시신조차 거둘 수 없었다.

당시 남편을 찾아 달려와 현장을 목격한 이상숙 여사는 평생 모은 돈 4500만 원을 기부해 증거 인멸 장소에 영구불망비를 세우고 사건을 빼곡하게 기록했다. 영구불망비 아래에는 금속 조형물이 놓여 있다. 베개와 담요, 옷가지 등 유품이 뒤엉킨 모양인데 그 밑에 고무신이 깔려 있는 모습을 보다 한 번 더 울컥했다. 이상숙 여사의 남편은 안덕초등학교 교사였다.

2007년 11월 13일 진실과화해위원회는 섯알오름에서

영구불망비 아래에는 금속 조형물이 놓여 있다.
베개와 담요, 옷가지 등 유품이 뒤엉킨 모양인데
그 밑에 고무신이 깔려 있는 모습을 보다
한 번 더 울컥했다.

희생된 사람 중 신원이 확인된 218명을 국가 폭력에 의한 희생자로 결정했다. 국민의 생명과 재산을 보호해야 할 국군이 법적 절차 없이 민간인을 집단 학살한 사건이고 중대 범죄 행위라 규정했다. 그 책임은 군과 경찰의 통수권자인 대통령, 그리고 최종적으로 국가에 있으니, 희생자와 유족에게 사과하고 재발 방지를 약속하며 배상하라고 권고했다. 그러고도 한참 시간이 흐른 2015년 6월 24일, 국가가 희생자 한 명당 8000만 원, 배우자에게 4000만 원 등을 배상하라는 최종 판결이 났다. 65년간의 한 맺힌 여정이 끝을 맺는 순간이었다. 해마다 음력 7월 7일 섯알오름에서는 예비 검속 희생자 합동위령제를 지낸다.

🍓 일제강점기, 제주에서 일어난 일

제주도는 대한민국 가장 남쪽에 위치한 섬이다. 서울에서 비행기로 약 1시간 거리, 대한민국에서 가장 따뜻한 섬, 우리나라 사람들에게 제주도의 지정학적 의미는 그렇다. 하지만 머릿속의 지도를 사방으로 조금 더 펼쳐 보면 어떨까. 지도를 동북아시아까지 넓게 펼쳐 보면 제주도는 중국과 일본과 한반도의 가운데에 위치해 있다. 지도를 거꾸로 들어 보면 제주도가 중국과 일본 사이에 있다는 사실이 더 와닿는다. 현재 제주도에서 상하이까지는 비행기로 1시간 반, 오사카까지도 1시간 반이면 닿는다. 제주에서 서울까지가 1시간 거리라는 점을 생각해 보면, 중국과 일본이 거리상으로 얼마나 가까운지 알 수 있다.

1937년 중일전생이 발발했다. 일본은 6주 동안 민간인 30만 명을 학살했다. 난징대학살이다. 중국뿐 아니라 베트남 등 동남아 지역까지 그 세력을 넓히고자 했다. 그리고 1941년 진주만을 기습 공격했다. 전쟁은 태평양 전쟁으로 확장된다. 그때 한국은 일본의 식민 체제 아래 있었다. 한국, 그중에서도 중국과 일본 사이 태평양 위에 있는 제주도에서는 어떤 일이 일어났을까. 제주도는 어떤 일을 겪어 냈을까.

80여 년이 지났다. 이방인의 눈에 제주도는 마냥 평화로운 얼굴이고 사람들은 관광지로서의 환상의 섬 제주를 찾는다. 하지만 우리가 무심코 달려 지나치는 곳에 그 시절의 흔적이 여전히 남아 있다. 처음 그 길을 걸을 때 많이 어리둥절했다. 나는 그동안 이 이야기를 왜 모르고 있었지? 두 번째 걸을 땐 발걸음이 무거웠다. 세 번째 걸을 땐 연세 많은 삼춘들에게 눈길이 갔다. 그들은 무얼 보고 무얼 겪고 살아오신 거지? 무엇을 말하고 무엇을 삼키시는 거지? 그 일들을 기억하는 사람이 여전히 살아 있다. 뿐만 아니라 오름과, 밭과 나무들도 알고 있다.

🪨 알뜨르 비행장이 평화 공원이 되어야 하는 이유

최근 알뜨르 비행장 일대에 평화 공원을 만들기 위한 관련 법률 개정안이 국회를 통과했다. 제주도는 2005년 '세계 평화의 섬'으로 지정된 뒤 일제의 침탈 흔적과 한국전쟁의 흔적이 남아 있는 서귀포 대정읍 알뜨르 비행장 일대 약 184만 제곱미터의 터에 '제주 평화 대공원' 조성을 계획했다. 하지만 평화 공원 부지가 국방부 소유라 국유재산 사용 허가의 벽에 막혔다. 사업은 18년간 표류했다. 2021년 제주도와 국방부가 협의를 거쳐 활주로를 제외한 69만 제곱미터에 대한 국유재산 장기 사용을 합의했고 관련법이 시행 예정이다. 알뜨르 비행장이 평화 공원으로 조성되는 이유를 좀 더 자세히 알아볼까?

일제는 제주도를 제국주의 팽창을 위한 일본군의 전진기지로 활용하고자 제주도에 총 다섯 곳의 비행장을 건설했다. 알뜨르, 정뜨르, 진뜨르, 교래리 비행장, 그리고 서귀포 비행장이다. 정뜨르 비행장은 현재 제주국제공항 자리, 진뜨르 비행장은 조천읍 신촌리 일대로 현재는 도로와 밭으로 사용되어 흔적을 찾기 어렵다. 서귀포 비행장 역시 찾기 어렵고 교래리 비행장은 현재 정석 비행장 자리로 추정된다. 알뜨르 비행장은 서귀포시 대정읍 상모리 일대에 있다. 현재는 비행장으로 사

용되지 않는다. 알뜨르 비행장과 그 주변은 국방부 소유의 땅이라 새 건물들이 들어서지 않아서 옛 비행장의 흔적이 많이 남아 있다.

알뜨르 비행장의 역사를 몰랐다면, 이곳의 탁 트인 풍경 앞에 서서 해방감에 젖은 표정으로 두 팔을 넓게 벌린 채 '풍경이 멋지다! 역시 제주도야!'라고 생각했을 것 같다. 오름과 산, 언덕이 많은 제주도에서 좀처럼 만나기 어려운 광활한 들판이 펼쳐져 있으며 들판은 공터와 청보리, 밀, 감자, 비트 등 남서쪽에서 잘 자라는 작물을 재배하는 밭들로 이루어졌다. 알뜨르는 송악산, 단산, 모슬포, 산방산 아래쪽 벌판을 말하며, 뜰이라는 의미의 제주 말이다. 일본 해군이 1920년대 중반부터 모슬포 지역 주민을 동원해 약 10년간 알뜨르 비행장을 조성했다. 그리고 중일전쟁과 태평양전쟁을 치르며 20만 제곱미터에서 66만 제곱미터로 규모가 확장된다.

일제는 중국 공습에 나설 때 비행기에 폭탄을 싣느라 연료를 충분히 채우기 어려우니, 중간 지점인 제주도를 주유가 가능한 불시착륙장으로 삼으려 알뜨르 비행장을 조성했다. 이를 위해 알뜨르 비행장 안팎에 20여 개의 격납고를 설치했다. 모슬포항에서 알뜨르 비행장으로 가는 도로를 확장해 포장하고, 또 인근의 섯알오름에 고사포대와 포 진지 4개를 설치하였다. 또한 주변 오름과 해안가에 수없이 많은 굴을 파서 무기를 비축하고 군사훈련을 했다. 20개 정도의 비행기 격납고 중 19개가 현재까지 남아 있다.

이 아픈 역사를 기억하고자 격납고 중 한 곳에 당시 일본 비행기였던 제로센 전투기의 모형을 두었다. 격납고의 벽을 더듬으며 일제 군사 시설 조성을 위해 이곳 동원된 모슬포 주민들의 심정을 헤아려 보려 했다. 일제를 위해 노역한 10년의 시간을 가늠하려 했으나 금세 숨이 막힌다. 전투기 모형 뒤에서 넓게 펼쳐진 들판을 바라보았다. 이 아름다운 땅이 더 이상은 전쟁을 겪지 않았으면 좋겠다고, 평화를 바라는 기도를 한다.

알뜨르 비행장 일대에는 격납고 외에도 그때의 흔적이 많이 남아 있다. 조금 걷다 보면 당시 활용된 관제탑도 보인다. 급수 시설이라는 의견도 있지만, 아무튼 노동력과 국토 수탈의 흔적이라는 데는 이견이 없다. 난간이 없는 아슬아슬한 계단을 올라 관제탑 위에 서면, 넓은 들판이 한눈에 들어온다. 하, 아름답다. 긴 한숨을 뱉는다. 모슬포는 자꾸만 아름답고 그때마다 아프다.

모두 알고 있듯 1945년 8월 15일 일본은 항복을 선언했다. 패전이 확실해지자 궁지에 몰린 일본은 1945년 2월부터 일본 본토를 사수하기 위한 방어 전략, 결호 작전을 준비한다. 방어 전선을 담당할 부대를 새로이 편제했는데 그 역할을 맡은 결 1호부터 6호까지는 일본에, 결 7호는 제주도에 있었다. 제주도는 공격을 위해서도 방어를 위해서도 요긴한 교통 요지였고 일본에게는 중요한 전쟁 기지였던 셈이다. 2월에 2000여 명이었던 일본군은 7~8월에 6만 명으로 늘었다. 일본에 주둔한 군인 수보다 많았다. 30만 제주 도민을 인질로 잡은 셈이다. 만일 1945년 8월 15일 일본이 항복하지 않았다면 제주도에서 대체 어떤 일이 있었을지 상상하기도 싫다.

일제는 모슬포뿐 아니라 제주도 전체에 진지와 요새를 구축했다. 알뜨르 비행장 일대에 5개의 동굴 진지가 남아 있으며 성산 일출봉, 수월봉, 송악산과 삼매봉, 서우봉과 사라봉 등 제주 섬 해안선을 따라 수백 개의 진지 동굴을 만들었다. 바다의 동굴들은 모두 신요(자살 보트), 카이텐(인간 어뢰)과 같은 자폭 병기를 숨겨 둘 자살 특공 기지였다. 이곳에서도 제주 도민은 노역으로 착취당했다. 해안 암반을 뚫어 진지 동굴을 만드는 현장에 투입된 도민들의 수난을 떠올리면 지금도 분통이 터진다. 여기저기 구멍이 뚫린 제주를 생각하면 속이 쓰린다.

모슬포가 일제강점기와 4·3사건, 한국전쟁을 지나며 겪은 수난과 상처를 살폈다. 쓰는 일이 쉽지 않았다. 이방인이 과연 이 이야기를 잘 전할 수 있을까 하던 염려는 사소한 걱정이었다. 특히 섯알오름 이야기를 쓸 때마다 숨이 턱턱 막혔다.

손끝이 저려서 이어 쓰기가 어려웠다. 음력 7월 7일에 열리는 예비 검속 희생자 합동 위령제에 다녀오려고 한다. 그래야 다 쓰고도 끝내지 못하겠는 이 글을 마무리할 수 있을 것 같다.

오며가며
들락날락

아끼는 마을 공간과 책방

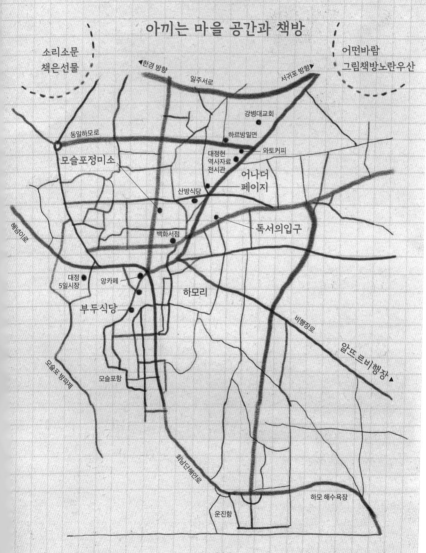

◀한경 방향

일주서로

서귀포 방향▶

강병대교회

동일하모로

하르방밀면

대정현
역사자료
전시관

와토커피

모슬포정미소

어나더
페이지

산방식당

해
담
이
로

백화서점

독서의입구

대정
5일시장

앙카페

하모리

부두식당

비
행
장
로

알뜨르비행장▲

모
슬
포
방
파
제

모슬포항

좌
남
단
해
안
로

하모 해수욕장

운진항

모슬포정미소 서귀포시 대정읍 하모중앙로 57-3

할머니와 부모님이 운영하던 정미소를 카페로 꾸며 운영, 옛 정미소의 흔적을 찾아보는 재미가 쏠쏠하다. 쌀 디저트나 로컬 농산물도 판매하는 등 모슬포 마을과 상생하고자 다양한 시도를 한다. 공간이 넓고 메뉴도 다양해 누구나 마음 편하게 쉬어 갈 수 있다.

부두식당 서귀포시 대정읍 하모항구로 62

45년 전 모슬포항을 오가는 뱃사람들을 위한 식당으로 문을 열었다. 원래 이름은 부두노조식당. 모슬포에서 최초로 갈치조림과 대방어회를 시작했으며 대를 이어 운영 중이다.

어나더페이지 서귀포시 대정읍 동일하모로220번길 19

환경, 로컬, 다양성을 지향하는 서점이다. 어르신 그림책방 프로그램, 대정 여성농민회와 함께하는 독서모임 등도 운영하며 마을의 문화 공간 역할을 톡톡히 하고 있다.

독서의입구 서귀포시 대정읍 상모로 318 2층

그림책, 동화책 등 어린이 책과 시, 소설, 에세이 등 성인을 위한 책을 판매하는 곳으로 모든 사람들이 책과 조금 더 가까워질 수 있도록 어린이 책 모임 등을 운영하고 있다.

어떤바람   서귀포시 안덕면 산방로 374

사계리 마을 안에 자연스럽게 존재하는 외관이 친근하다. 건물을 둘러싸고 있는 담쟁이덩굴도, 노란 상가 건물도 아주 오래전부터 이 곳에 있었던 것 같다. 드르륵 새시 문을 열고 들어서면 편안한 공간이 반긴다.

그림책방노란우산   서귀포시 안덕면 녹차분재로 32

그림책이 마치 꽃이 만발한 정원처럼 알록달록 가득 들어차 있다. 아이부터 어른까지 누구나 읽기 좋은 그림책을 골라 두었다. 조잘조잘 말을 거는 것 같은 발랄한 책들 사이를 걷다 보면 기분이 좋아진다.

소리소문   제주시 한경면 저지동길 8-31

작은 마을의 작은 글이라는 뜻의 소리소문은 의미 그대로 중산간 마을 저지리에 있는 작은 책방이다. 하지만 그 안에 담긴 책은 결코 작지 않다. 오로지 책으로만 가득한 공간이 주는 감동을 느낄 수 있는 곳.

책은선물   제주시 한경면 신창5길 5 돌창고(깃발 걸린 곳)

소박한 포구 근처 작은 서점. 책방 주인이 사려 깊게 고른 책들이 꼭 있어야 할 자리에 꽂혀 있다. 이곳에선 다른 책방에서 보기 힘든 책을 꼭 한 권은 선물처럼 만날 수 있다. 일일 서점지기 체험 프로그램을 통해 누구나 책방 주인이 되는 특별한 경험을 해 볼 수 있다.

제주 사람이 복작대는 곳, 원도심

우리, 성안에서 만날까?

● **오래된 도시를 좋아하나요?**

　제주에서 살며 제주에 대한 글을 쓰면서 할 이야기는 아니지만 고백하자면, 언젠가 서울 사대문 안에서 살고 싶다는 꿈을 가지고 있다. 기왕이면 경복궁과 가까운 서촌이나 북촌이면 좋겠다. 그때가 오면 마치 경복궁이 우리 집 마당인 양 매일 산책을 해야지. 아름다운 단청 아래 앉아서 하늘을 바라보며 천천히 떠가는 구름을 관찰할 거야. 눈 쌓인 경복궁을 저벅저벅 걷고, 비가 오면 우산을 두고 나와 수백 살 먹은 나무 사이를 걸을 거야. 비옷은 입어야겠지?

　다들 알고 있는지 모르겠지만 종로 구민은 경복궁 입장료가 무료다. 입장료를 내고 경복궁에 들어갈 때마다 남몰래 결심을 하곤 한다. 언젠가 꼭 종로 구민이 되어 경복궁을 무료로 드나들겠다고. 경복궁과 창덕궁 같은 고궁뿐만이 아니지. 고궁 근처 오래된 골목 구석구석 흩어져 있는 보석 같은 카페와 식당도 걸어서 다녀야지. 골목에 오래 자리한 유서 깊은 가게에 가는 일도 좋다. 차를 타지 않고, 내 두 다리로 걸어서 많은 것들을 만나고 보고 경험할 수 있는 재미있는 곳, 사대문 안에서 살아야지.

나는 서울이 좋은 걸까? 고궁을 좋아하는 걸까? 오래된 골목을 좋아하는 걸까? 잘 모르겠다. 조선시대를 좋아하는 건가. 아니면 나이 많은 나무를 좋아하는지도. 오랜 시간 사람들이 걸어온 잘 닦인 안전한 길을 걷는 느낌이 좋은지도 모르겠다.

낯선 곳을 여행할 때도 그랬다. 바다나 산, 호수, 빙하와 같은 멋진 풍경도 좋지만, 그 풍경에 가기 위해 들르는 경유지인 작은 마을과 사랑에 빠지는 경우가 잦았다. 수년 전 볼리비아 우유니를 여행한 적이 있다. 우유니는 소금 사막으로 유명한 곳이다. 우기에 우유니 소금 사막에 가면 새하얀 사막 위에 물이 찰랑찰랑거리고, 붉은 노을과 일출, 하늘에 뜬 별, 은하수가 물 위에도 그대로 비쳐 그 어디에서도 볼 수 없는 놀라운 풍경을 만난다.

우유니 사막에 가려면 우선 우유니라는 이름의 마을에 가야 한다. 우유니 사막 여행기 대부분은 우유니 마을을 언급하지 않는다. 마을은 볼 게 없으니 바로 사막으로 가서 멋진 풍경을 즐기라는 이야기에 가끔 언급될 뿐이다. 많은 여행자들이 우유니 마을에 도착해 숙소가 아닌 여행사로 직행한다. 우유니 사막 투어를 신청하고 바로 사막으로 떠나 2박 3일 혹은 3박 4일 풍경을 보고 다음 목적지로 이동한다. 볼리비아 사람들의 삶이 이어지고 있는 작은 마을 우유니를 기억하는 여행자는 거의 없다.

나는 우유니 마을 숙소에서 여러 날을 묵었다. 미리 계획했던 여정은 아니다. 볼리비아 수도 라파즈에서 경비행기를 타고 우유니 공항에 내려 시내로 향했다. 그리고 눈에 보이는 숙소에 갔다. 하룻밤 적당히 자고 다음 날 다른 여행자처럼 사막 투어를 떠날 계획이었다. 체크인 후 숙소 근처를 느긋하게 걷다 우연히 만난 사람을 따라 그날 저녁에 진행된 우유니 선셋 투어를 충동적으로 신청했다. 선셋 투어 한 번 보고 사막 투어를 떠나도 괜찮겠지, 하는 느슨한 마음이었다.

파란 하늘이 물 위에도 비치는 낮을 지나 사위가 온통 붉게 물들고 나면 천천히 어두워진 하늘에 별이 뜨고 그 별은 발밑에서도 반짝거렸다. 황홀한 경험이었다. 투어에서 돌아오며 다음 날 선라이즈 투어를 신청했다. 깜깜한 밤을 가로질러 사막에 가서 별을 봤다. 천천히 하늘이 밝아졌고, 발아래로도 해가 떴다. 그리고 또 그날 선셋 투어를 가고 다음날 선라이즈 투어를……. 아무튼 우유니 시내의 허름한 숙소에서 하룻밤 더, 하룻밤 더 묵으며 선라이즈 투어와 선셋 투어를 반복해서 다녔다. 해가 뜨고 지고 별이 뜨고 지는 우유니 사막은 아무리 봐도 지겹지가 않았다.

선라이즈 투어와 선셋 투어 사이 낮 시간에는 마을에서 시간을 보냈다. 멋진 식당과 카페가 있는 것도 아니었고, 공원이나 관광지가 있는 것도 아니다. 우유니 투어와 관련된 일을 하는 볼리비아 사람들이 사는 곳이라 여행자을 위한 시설이 거의 없다. 시장에 가서 필요한 물건을 사고, 동네 작은 PC방에 가서 한국의 안부를 확인하고, 길거리 포장마차에서 소시지와 계란이 들어간 햄버거를 사 먹었다. 밥은 로컬 식당에서 해결했다. 그 식당은 냉장고에 개인 콜라를 보관해 주는 곳이었다. 나는 1.5리터 콜라 하나를 맡겨 두고 갈 때마다 꺼내 먹었다. 그렇게 작은 동네와 정이 들었다.

낯설었던 거리가 마치 오래 살던 동네처럼 익숙해질 때, 단골 식당이 생기고 인사하는 동네 사람이 생기고, 지나가는 사람이 나를 알아볼 때, 나도 모르게 숙소를 집이라고 말할 때 여행은 새로운 국면으로 접어든다. 별이 쏟아지는 우유니는 지금도 눈을 감으면 그리운 풍경이지만 작고 평범한, 모래 바람이 나부끼던 마을 우유니도 여전히 생생하게 기억난다.

'사람 사는 곳 중에 볼 게 없는 곳은 없다.'

우유니에서 처음 했던 생각이다. 스쳐 지나갔다면 결코

알 수 없었던 면이다. 우유니에 가길 잘했다. 우유니 사막이 아니었다면 우유니 마을처럼 가이드북이 거의 언급하지 않는 평범한 작은 도시에 갈 일이 있었을까? 우유니는 풍경보다 더 좋은 것도 있다는 사실을 알게 해 주었다. 이후 여행을 하며 들르는 모든 도시가 소중해졌다. 여행이 끝나고 일상으로 돌아와 우유니가 알려 준 작고 소중한 교훈을 잊고 살았다. 여행 중에 빛나는 순간을 찾아내는 일에 능한 나는 일상에선 그 능력을 자주 잃는다. 저런.

제주에 있는 도시, 도시 안 사람들

다시 제주 이야기로 돌아오자. 내가 제주에 살게 된 건 바다와 오름 때문이다. 나지막한 돌담과 올레를 돌아가면 만나는 소박한 집들 때문이었다. 제주도에 처음 이사를 온 뒤 매일 아침 바다로 향하는 버스를 탔다. 바다에서 내려 카페에 가서 커피를 마셨다. 그때마다 내가 제주에 살고 있다는 사실을 실감하고 만족했다. 제주를 여행하는 사람들도 그렇다. 대부분 제주에서만 볼 수 있는 풍경을 보기 위해 바다나 폭포, 오름, 공원 등 관광지를 향한다.

하지만 제주도는 수천 년 전부터 사람들이 살던 섬이다. 제주 도민 모두 해녀이고, 어부며, 밭농사를 짓는 건 아니

다. 하지만 해녀가 아닌 도민의 삶에 대해 궁금해 하는 사람은 많지 않다. 나도 그랬다. 탐라국, 고려시대, 조선시대 그리고 일제강점기를 거치며 이 섬의 사람들은 어디에서 어떻게 살았을까?

대한민국에서 가장 크고 아름다운 섬 제주 안에 도시가 있다. 도민들은 편의상 제주도 시내를 신제주와 구제주로 나누어 말한다. 구제주 중에서도 원도심은 가장 오래전부터 사람들이 살았던 곳이다. 오래된 골목을 좋아하고, 옛 건물을 좋아한다면서 정작 가까이 있는 원도심에 관심을 가져 본적이 없다. 관심은 없었지만 자주 가긴했다.

한꺼번에 볼일을 보기에 원도심만 한 곳이 없다. 칠성통에서 옷과 신발을 사고, 탑동 바다 앞 대형마트에서 장을 본다. 최근엔 골목 구석구석 다양한 식당도 많이 생겨서 골라먹는 기쁨이 크다. 주로 베트남 식당, 태국 요리 전문점, 오래된 중식당, 비건 레스토랑 중에 골라 간다. 제주 하면 회나 흑돼지, 갈치구이나 고기국수 등을 떠올리겠지만 제주에 살면 자주 찾게 되는 메뉴는 아니다. 주말이면 다양한 관광지나 바다가 보이는 카페 대신 시내에 가는 스스로를 보며 '나도 제주 도민 다 됐네'라고 속으로 생각한다.

하지만 시내라고 말하는 데서 이미 도민 되기는 글렀다. 제주 도민들은 '성안' 혹은 '성내'라고 부른다. 제주읍성 안을 의미한다. 친구들과 시내에서 약속을 잡으며 "성안에서 만나자"고 한단다. 아주 오래 전부터 제주 사람이 모이던 곳, 성안이 궁금해졌다. 그곳에 진짜 도민들의 삶이 있을지도 모르겠다. 제주에서 내가 진짜 보고 싶었던 것은 그곳에 있을 수도 있다.

내가 사는 곳은 제주도 중산간이고 성안에서 차로 30분 정도 걸린다. 인구 밀도가 극히 낮은 곳이다. 사람과 부딪힐 일이 거의 없는 산촌. 그래서 이 동네를 좋아하지만 같은 이유로 종종 고립감이 느껴진다. 부대끼는 사람 없이 혼자 있어 좋다고 하면서도 집에 친구가 찾아오면 반가워 함박웃음을 짓는다. 내가 사람을 좋아하는가, 싫어하는가 헷갈릴 땐 아니 사람에게 환멸을 느낄 땐 원도심으로 간다. 원도심에선 사람을 좋아한다는 증거를 하나 이상 찾을 수 있다. 사람인 나는, 사람으로 태어나 사람으로 산다면 기왕이면 좋아하며 살고 싶다. 그러니 직접 증거를 찾아 나선다. 매번 목적지는 다르지만 결국 걷는 길은 비슷하다.

오늘의 첫 목적지는 삼성혈. 실은 삼성혈 앞을 지나간 적은 수없이 많지만 들어가 본 적이 한 번도 없다. 게다가 원도심과 조금 거리가 있어서 따로 마음먹지 않으면 가기 쉽지 않은 곳이다. 이번에는 일부러 가장 먼저 삼성혈로 향했다.

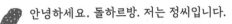 **안녕하세요. 돌하르방. 저는 정씨입니다.**

삼성혈은 '제주도 사람'의 발상지다. 제주 도심 사람 여행을 시작하기 아주 적절한 장소다. 삼성혈의 삼성은 세 개의 성이라는 의미로 제주의 대표 성씨인 고씨, 양씨, 부씨가 이곳 삼성혈에서 시작되었다고 전해진다. 탐라(제주의 옛 이름)에 아무도 살지 않았을 때 삼신인 고을나, 양을나, 부을나가 삼성혈에서 태어나 수렵생활을 하다가 오곡종자와 가축을 가지고 온 벽랑국 공주 셋을 각각 배필로 맞이하면서부터 농경생활을 시작, 탐라 왕국으로 발전하였다는 전설이다. 1526년부터 지금까지 매년 12월 10일이면 삼성혈 앞 제단에서 탐라개벽을 기리고 도민의 안녕을 기원하는 건시대제를 지낸다. 전설 속 장소 하나 더 소개하자면 서귀포시 온평리의 혼인지다. 삼신인이 벽랑국 세 공주를 맞이하고 혼례를 올린 곳이라고 전해진다. 탐라개벽 신화에 관심이 있다면 함께 가 볼 만하다.

삼성혈에 제주 도민 50퍼센트 할인을 받고 입장했다. (경복궁 부럽지 않다!) 입구에서 가장 먼저 눈에 들어온 '삼성혈 수목 현황' 안내판. 안내판에는 삼성혈 안에서 자라는 나무와 꽃에 대한 정보가 써 있다. 3미터 이상 되는 수목이 모두 701본이며 수종은 43종, 그 외에도 수령 500년 이상 추정되는 곰솔을 비롯한 다양한 나무와 식물이 자라고 있다.

담장 너머는 차가 쌩쌩 달리는 도로인데 삼성혈 안은 고

요하다. 나무가 외부의 모든 소음을 집어삼킨 듯하다. 새 소리가 유난히 크게 들린다. 고즈넉한 삼성혈 나무 사이를 걷는 동안 사람 한 명 만나지 못했다. 세상과 격리된 느낌이 든다. 아주 오래전부터 이곳에서 뿌리내리고 살아왔을 나무와 그 나무에서 고을나, 양을나, 부을나만큼 오래 대를 이어가며 살아왔을 새들에게 인사를 건넨다. 해주(황해도) 정씨인 내가 한반도 최남단 제주에 있다는, 대단할 것 없는 사실에 새삼 놀란다. "저는 고작 11년 전 제주에 왔어요. 이제야 인사 와 죄송합니다." 천천히 삼성혈을 둘러본 뒤 돌아 나오다가 입구에서 반가운 존재를 만났다. 그건, 바로 '진짜 돌하르방'.

앞의 글에서 모슬포 대정현의 돌하르방과 함께 제주에 남아 있는 진짜 돌하르방 이야기를 했었다. 이곳에 있는 돌하르방이 옛 제주목, 현 제주시를 지키고 있는 돌하르방 중 하나다. 돌하르방은 1754년 영조 30년에 만들었다고 전해진다. 옥중석, 우석목, 벅수머리 등 다양한 이름으로 불렸고 돌하르방이라는 이름은 그리 오래되지 않았다. 할아버지를 뜻하는 제주도 방언 '하르방'과 '돌'을 붙여 지었는데 1971년 문화재 이름으로 채택되며 널리 알려졌다. 문화재 채택 후 돌하르방 모양을 본 따 제주 기념품을 제작했고, 제주 곳곳에 돌하르방 모양의 돌이 놓이기 시작했다. 삼성혈의 문을 나서며 돌하르방을 만나자마자 알았다.

"너구나! 진짜 돌하르방."

모를 때는 관심 없었는데, 알게 되고 만나니 정말 반갑다. 마치 오랜 친구를 우연히 만난 기분이다. 나도 모르게 악수하듯 머리를 쓰다듬었다. 마음에 품고 있던 소원도 괜히 털어놓았다. 500세 넘는 나무와 270세 넘는 돌하르방과 인사를 나누다니, 오늘 하루 시작이 좋다.

식사는 삼성혈 바로 앞 샌드위치 전문점에서 그릴드 샌드위치를 먹었다. 삼성혈 근처에서 고기국수나 해물탕이 아닌 음식을 먹은 적은 이번이 처음 같다. 마치 여행자인 듯 혼자 앉아 천천히 샌드위치를 먹고 커피를 마셨다. 스페인 카탈루냐 지방 바르셀로나에 살던 때가 떠올랐다.

바르셀로나에서 2년간 지내며 구시가지 중심가 보른 지구의 100년 이상 된 건물에서 살았다. 자주 가던 시장은 개장한 지 150년이 넘는 역사를 가진 시장이었고 시장 바로 옆에 40년 넘게 대를 이어 운영하는 보까디오(스페인어로 샌드위치) 전문점이 있었다. 그 가게에서 샌드위치를 자주 사 먹었다. 그곳이 생각났다는 건 맛있다는 얘기고, 음식에 구시가지의 정취가 곁들여졌단 얘기다. 비록 가격은 세 배가 넘는 것 같지만.

원도심을 걸으니 내가 경험한 수많은 원도심의 추억들이 쏟아져 나온다. 나라가 다르고 지역이 다르더라도 원도심을 걷는 나의 마음은 비슷한가 보다. 도민과 여행자 사이에서

오늘은 여행자가 되기로 한다. 여행자의 마음으로 원도심을
마저 산책해야지.

🥔 관덕정이 목격한 역사

본격 원도심 산책을 위해 관덕정 근처 공용 주차장에
차를 세웠다. 관덕정은 제주도에서 가장 오래된 건물 중 하
나로 조선 시대 누정(누각과 정자)이다. 1448년 세종 30년 제
주 목사 신숙청이 군사 훈련을 위해 지었다. 무관이 활을 쏘
는 곳이라는 뜻을 가진 관덕정이란 이름의 누정은 제주가 아
닌 다른 곳에도 존재한다. 유배인들이 항구에 도착하면 걸어
서 관덕정까지 왔다고 전해진다. 알려진 제주 유배인만 해도
260여 명이다.

조선 제15대 임금이었으나 1623년 인조반정으로 폐위
된 뒤 19년간 유배 생활을 한 광해는 대표적인 제주 유배인
이다. 광해는 강화에서 유배 생활을 하다 1637년 제주로 옮
겨 와 관덕정 근처에서 4년 4개월간 생활하던 중 1641년 생
을 마감했다. 광해의 적소(귀양살이하는 곳) 주변은 사람 키가
훨씬 넘는 높이의 가시나무로 둘러쌓여 있어 바깥을 전혀 볼
수 없었다고 전해진다. 제주에 와 한 번도 밖을 보지 못하고
살다 그 안에서 삶을 마감한 광해.

광해의 적소로 추정되는 장소는 현재 이를 안내하는 표지석으로 흔적만 남아 있다. 지금은 은행 건물이 들어섰고, 근처에 주차된 차량도 많아서 일부러 찾아온 사람도 표지석을 찾기 어렵다. 제주에 광해의 흔적이 남은 장소가 한 곳 더 있다. 바로 구좌읍 행원리의 행원포구(어등포)로 광해가 배를 타고 제주에 처음 도착한 곳이다. 행원포구에는 관련 내용을 알리는 표지석이 있다. 그 외에는 제주에서 광해의 흔적을 찾아보기 어렵다.

그래도 미련이 남는다면, 동문시장 올레찐빵에서 파는 광해 보리 꽈배기를 사 먹어 보길 추천한다. 인조반정 당시 광해가 왕으로서 마지막으로 먹었던 음식이 보리 꽈배기라고 한다. 비록 적소에서 바깥으로 한 발도 나오지 못한 광해이지만, 보리 꽈배기는 먹어 보지 않았을까? 고소하고 달콤한 꽈배기를 입에 물고 광해를 떠올리며, 그랬기를 바라 본다. 그래야 조금 덜 쓸쓸하다. 4년 4개월 적소 안에서만 생활했을 광해를 떠올리면 늘, 광해에게 제주 바람은 어떤 느낌이었을까 궁금해진다. 육지에서 경험한 적 없을 거친 바람을 맞으며 광해는 무슨 생각을 했을까.

언제 가더라도 관덕정 위에는 사람들이 있다. 여기저기 걸터 앉아 시간을 보낸다. 근처에 동문시장, 우체국이 있고 상점들도 모여 있어서 잠시 쉬었다 가기 좋아서 그렇겠지만 어쩌면 제주 사람들의 습관일지도 모르겠다. 지금은 관덕정 옆에 관덕로가 지나고 있지만 예전 관덕정 앞은 광장이었다. 이 광장은 제주 근현대사에서 결코 빼놓을 수 없는 곳이다. 제주 역사의 한가운데 언제나 관덕정이 있다.

그중에서 몇 가지 이야기를 알아보자. 우선 관덕정은 1901년 신축민란(이재수의 난)과 관련이 있다. 당시 제주목을 다스리던 제주목사가 천주교인들과 함께 범죄를 저지르고, 과도하게 세금을 징수하는 등 제주 도민을 괴롭혔다 한다. 이에 민군을 이끌고 제주읍성에 입성한 이재수가 관덕정에 앉아 천주교인들의 죄를 성토하며 천주교인 300여 명을 처형했다.

4·3사건의 발단이 된 제주 3·1절 발포 사건도 바로 관덕정 앞에서 일어났다. 제주 4·3사건 진상 규명 및 희생자 명예 회복에 관한 특별법을 보면 '4·3사건은 1947년 3월 1일을 기점으로 1948년 4월 3일 발생한 소요 사태와 1954년 9월 21일까지 제주도에서 발생한 무력 충돌과 그 진압 과정에서 주민들이 희생당한 사건'이라고 정의 내리고 있다. 미군정 시기(1945년 9월 8일부터 1948년 8월 15일까지)였던 1947년 3월 1일 제주북초등학교에서 3·1절 기념대회가 열렸다. 참가자는 3만여 명으로 제주 도민 10명 중 1명이 참가한 대집회였다. 거리가 멀어 참가하지 못한 도민들은 각자의 마을에서 집회를 진

행했다고 하니 실제 참가자는 3만 명을 훌쩍 넘는 수였다.

기념대회가 끝나고 참가자들은 관덕정 앞으로 거리 행진을 이어나갔다. 참가자들이 이미 관덕정 앞을 지나간 뒤, 이를 구경하던 어린아이가 미군정이 파견한 육지 경찰이 탄 말에 채여 넘어졌고 경찰은 이를 수습하지 않고 그냥 지나쳤다. 이를 본 군중이 항의하며 돌을 던졌고, 이에 경찰이 군중을 향해 총을 발포해 국민학생, 3개월 된 아이를 안은 젊은 여성 등 6명이 숨지고 여러 명이 부상을 입었다. 모두 집회와 관련 없는, 구경하던 사람들이었다고 전해진다.

하지만 미군정은 사과하지 않았다. 관계자를 처벌하지 않았으며 오히려 대회 주최 관련자와 학생을 검거하기 시작했다. 이에 3월 10일 공무원과 교사 등이 모두 참여하는 민관 총파업이 일어났고 이듬해 4월 3일 봉기를 일으킨다. 4·3사건 당시 제주 남로당 소속 유격대의 대장이었던 이덕구의 시체가 관덕정 앞에 내걸려 전시되기도 했다. 이처럼 관덕정은 도민들에게는 무척 중요한 의미를 가진 장소다.

관덕정이 품고 있는 일상

관덕정은 제주 도민에게 일상의 장소이기도 하다. 현재 제주시 도두동에서 열리는 제주오일장은 1907년 관덕정 앞

광장에서 처음 시작되었다. 예전에 광장에는 분수대가 있어서 사람들은 관덕정 앞 분수대를 약속 장소로 삼았다고 한다. 제주도 학생들은 관덕정 앞에서 졸업 사진을 찍기도 했다. 관덕정 길 건너편에는 제주도 1호 책방, 우생당이 있다.

우생당이라는 서점 이름 앞에 이름만큼 크게 적혀 있는 'SINCE 1945'가 인상적이다. 1945년부터 80년 가까이 3대가 이어 서점을 운영하고 있다. 근처에서 여러 차례 자리를 옮기다 지금 위치에 자리를 잡은 건 1970년대. 해방 후 가장 번화한 곳에 문을 연 우생당은 교과서 공급을 담당하며 번창하기 시작했다. 우마차 100여 대가 부두에 대기하고 있다가 배가 들어오면 교과서를 옮겨 싣고 우생당으로 향하는 진풍경이 펼쳐졌으며, 우생당 주변은 교과서를 사기 위해 제주도 전 지역에서 몰려든 사람으로 붐볐다고 전해진다.

초대 사장 고순하 씨는 문학에도 관심이 많아 각종 문화 행사를 열었으며 소설가 계용묵, 시인 박목월 등 문학인과 예술인들이 자주 서점을 찾았다 한다. 최근까지도 제주에 사는 학생이라면 모두 한 번쯤은 우생당에서 교과서나 학습지, 책을 샀다고 봐도 된다. 현재 고순하 씨의 손자 고지훈 씨가 서점을 물려받아 운영 중이다. 인터넷 서점 등의 발달로 경영에 어려움을 겪기도 했지만 여전히 우생당은 건재하다.

우생당은 제주 1호 책방이기도 하지만, 신간 서적을 취급하는 일반 서점으로 대한민국에서 현존하는 가장 오래된 서점이기도 하다. 제주 곳곳에 많은 작은 책방들만큼 아기자기하고 개성이 넘치지는 않지만 무뚝뚝한 모습이 오히려 추억을 자극한다. 내가 어린 시절 드나들던 서점들도 다 이런 모습이었다. 아마 그 서점들은 이미 문을 닫은 지 오래일 것이다. 하지만 우생당은 남아 있다. 원도심에 간다면 우생당에 들러 제주에 대한 책 한 권 사서 나오기를 강력 추천한다. 제주의 역사를 만날 수 있을 뿐 아니라 각자의 학창시절도 함께 떠올리는 귀한 경험을 하게 될지도 모른다.

🍠 오래된 골목을 걷는 방법

관덕정 옆에는 제주목 관아가 있다. 제주목은 고려와 조선시대 행정구역이다. 당시 제주도는 제주목, 정의현, 대정현으로 구성되었다. 관아는 관원들이 정무를 보던 건물을 의미한다. 제주목 관아는 탐라국부터 조선시대에 이르기까지 주요 관아 시설이 있었던 곳이다. 조선시대에 화재를 겪고 소실된 뒤 다시 재건되었으나 일제강점기에 훼손되어 대부분이 흔적도 없이 사라졌으며 그 자리에는 제주도청, 제주지방법원, 제주지방검찰청 등 신식 건물이 들어섰다. 1991년부터 제주목 관아를 복구하기 위해 발굴 조사를 실시해 문헌과 유물을 토대로 복원 사업을 진행했고 2002년 12월에 복원을 완료했다. 제주 도민 입장료 무료! 신분증을 보여 주니 그냥 들어가라고 했다. 몰랐다. 그러고 보니 늘 지나만 다녔지, 제주목 관아에 들어가기도 처음이다. 이 글을 읽으며 언젠가 꼭 제주 도민이 되어 제주목 관아에 무료로 드나들겠다고 결심하는 사람도 있겠지!

제주목 관아 안에는 외국인 여행자들 몇몇이 거닐고 있었다. 한국인보다 외국인이 많은 것 같다. 현대에 새로 지은 건물이긴 하지만 야트막한 기와지붕이 있는 고즈넉한 건물이 띄엄띄엄 있어서 마음이 편안해진다. 아무 계단에 털썩 앉았다. 단청을 올려다보며 천천히 떠가는 구름을 지켜봤다. 제주목 관아를 재건하기까지 많은 논의가 있었다고 들었다. 재건을 결정한 사람들에게 늦은 감사 인사를 전한다. 원도심에 이런 장소가 있다는 사실은 축복이다.

제주목 관아를 나와 담을 따라 걷다 보면 제주북초등학교에 닿는다. 제주북초등학교는 1907년 제주목사가 객사로 사용하던 영주관을 교사로 사용하며 개교했다. 제주도에서 가장 역사가 오래된 초등학교다. 이 학교에는 원도심에서 빼놓을 수 없는 명소 '김영수 도서관'이 있다. 김영수 도서관은 제주특별자치도 도시재생 지원센터에서 제주시 원도심 도시재생

사업의 일환으로 추진한 마을 도서관이며, 최초의 학교 안 도서관이다. 북초등학교 내 도서관과 창고동 등을 새롭게 리모델링해 2019년에 재개관했다.

제주북초등학교 졸업생 김영수 선생님이 노모의 아흔 번 째 생일을 기념하며 건립비를 기부해 도서관이 탄생했다. 어린이의 필체로 '김영수 도서관'이라고 적힌 도서관 간판이 무척 친근하다. 김영수는 기증자의 이름이기도 하지만 모든 어린이와 주민들을 대표하는 이름일지도 모르겠다. 영수와 친구들, 모든 사람들을 환영하는 김영수 도서관은 평일 낮에는 초등학교의 학생들이 이용하고, 밤과 주말에는 일반 주민들이 이용할 수 있다.

학교 안의 소중한 도서관을 주민들에게 허용한 열린 마음에 존경을 표하며 감사한 마음으로 도서관에 들어섰다. 신발을 벗고 도서관에 들어서자마자 온기가 느껴지며 마음의 긴장이 풀린다. 마치 한옥으로 지어진 외가에 온 것 같은 기분이 든다. 비록 나의 외가는 서울 중심가 아파트지만……. 아무튼, 도서관 이층 창밖으로 보이는 제주목 관아 풍경이 고즈넉해서 하루 종일도 앉아 있을 수 있을 것 같다. 요즘도 주말에 원도심에 가면 김영수 도서관에 들러 책을 읽는다. 어린이들이 작은 목소리로 소근소근 이야기를 나누는 모습, 가족들이 함께 와 각자의 책을 읽는 모습을 보다 보면 한없이 따뜻하고 안전한 기분이 들며 제주도가 조금 더 좋아진다.

김영수 도서관을 리모델링한 건축가는 탐라지예건축사사무소의 권정우 대표다. 관덕로 건너편에 있는 순아커피도 리모델링했다. 순아커피는 일본식 가옥을 개조한 카페로 이 카페역시 들어서자마자 바깥과는 다른 공기가 느껴진다. 그건 들어가 봐야만 안다.

순아커피뿐 아니라 제주목 관아 주변에는 일제강점기에 지어진 여관 등 오래된 건물이 많고, 안내판이 잘 되어 있는 편이다. 인도에도 산책길 안내 지도가 그려져 있다. 이처럼 원도심에는 작은 힌트들이 흩어져 존재한다. 지나다 힌트를 발견한다면 그냥 지나치지 말고 읽어 보길 추천한다. 마치 게임 속 맵을 샅샅이 뒤지는 것 같은 즐거움을 느낄 수 있다.

물론 읽지 않아도 괜찮다. 발길 닿는 대로 자유롭게 걸어도 충분히 좋다. 정처 없이 걷다 보면 종종 골목의 터줏대감 고양이가 길을 안내해 주기도 한다. 그 골목에서 눈에 띄지 않는 곳에 정성스럽게 만들어 둔 고양이 집, 깨끗한 물과 사료, 공들여 가꿔 대문 앞에 내놓은 화분, 담벼락의 그림 같이 오래된 골목에서만 볼 수 있는, 사람이 만든 귀여운 것들을 만날지도 모른다. 제주목 관아 건너편 한짓골 주변의 어느 개인 주택 대문에 난 구멍에 장기판을 덧대 어설프게 메꾼 모습을 보며 피식 웃음이 났다. 사람은 참 귀엽지. 내가 사람을 좋아한다는 증거를 오늘도 하나 찾았다. 기쁘다!

현재 도로명 관덕로8길인 한짓골은 과거 제주성을 관통했던 큰길이다. 지금은 중앙로가 가장 큰 길이지만, 예전에는 한짓골이 더 넓었다. 이 길 주변으로 그 당시 부잣집들이 자리하고 있었다. 도로를 만들며 처음엔 한짓골을 확장하려고 했지만 길이 굽은 형태라 바로 옆에 중앙로를 새로 뚫었다고 한다. 한짓골에 살던 사람들의 반대 때문이었다는 이야기도 전해진다. 아무튼 지금은 차 두 대가 간신히 다니는 좁은 골목이지만 예전에는 그 길 위로 시외버스가 다녔다니 당시 가장 큰 길이었음이 짐작된다. 지금도 그 위세는 남아 중앙로가 아닌 한짓골을 중심으로 일도동, 이도동, 삼도동이 나뉜다.

한짓골에서 이어지는 샛길인 몰항골에는 부자 동네의 흔적인 박씨 초가가 남아있다. 박씨 초가는 200년 된 초가로 대대로 판사 집안이라 박판사네로 불리기도 한다. 도심에선 유일하게 남은 전통 초가다. 더 놀라운 사실, 이 집에는 7대째 박씨 가문 사람이 살고 있다. 현재 1923년생 안숭생 할머니가 살고 계신다.

박씨 초가로 안내한 제주 착한여행의 김아미 가디언(수호자, 파수꾼을 뜻하는 공정여행 안내자)은 사람이 살고 있는 곳이니

조용히 조심스럽게 둘러보자고 당부했다. 발뒤꿈치를 들고 담 넘어 안을 들여다보고 싶은 충동을 눌렀다. 문화 유적이 아닌, 지금도 삶이 이어지고 있는 집이라니 더욱 특별하게 느껴진 다. 집 앞 골목을 걷는 발걸음마저 조심스럽다.

박씨 초가 대문 앞에는 다른 곳에서 보기 어려운 디딤 돌이 두 개 놓여 있다. 말을 타고 내릴 때 발을 디디는 돌로 하마석이라고 한단다. 박씨 초가 바로 옆 공터에는 우물도 있 다. 하마석과 우물은 과거의 부를 보여 준단다. 1970년대 새 마을운동과 1984년 소년체전 준비로 초가 대부분을 개량해 현재 제주에 남은 초가는 거의 없다. 초가장 기능 보유자가 사라지고 있고, 제주의 초가지붕은 볏짚 대신 띠를 이엉재로 쓰는데, 띠는 요즘은 구하기 어려운 재료가 되었다. 여러 이유 로 초가지붕을 이어 가기 어려운 상황이다.

다시 100년이 흐른 뒤에도 박씨 초가는 이곳에 그대로 있을 수 있을까. 김아미 가디언은 원도심의 오래된 건물들을 두고 "이렇게 소개했지만, 얼마 뒤에 오면 이 건물이 사라졌 을 수도 있다"는 말을 덧붙였다. 불과 한두 달 전에 소개했던 건물이 다시 오니 흔적도 없이 사라지는 일을 왕왕 경험했다 고 한다. 사람뿐 아니라 건축물과도 헤어질 시간이 필요한 법 인데…… 아쉬운 마음이 든다.

박씨 초가 근처엔 한짓골 협동조합이 있다. 이곳에서는

천연 염색을 체험할 수 있으며 제주 전통 방식으로 감물 염색한 갈옷도 살 수 있다. 제주 중앙성당은 1930년에 지은 고딕식 붉은 벽돌 건물을 1997년에 현대식으로 복원한 것이다. 낮 12시 정각에 종이 울리며 사람이 직접 종을 친다고 한다. 아쉽게 확인해 보지는 못했다. 그뿐 아니다. 한짓골과 몰항골 주변을 걷다 보면 오래된 역사를 짐작할 수 있는 건물을 어렵지 않게 만날 수 있다.

고즈넉한 골목을 걸으며 마음이 차분해지는 한편, 이 모든 게 사라질까 봐 마음이 초조해진다. 하지만 원도심을 걸으며 이곳을 아끼는 사람들의 뚝심도 알게 되었다. 전통을 잊는 것도 사람이지만, 잇는 것도 또한 사람이다. 500년이 넘게 삼성혈에서 제사를 지내고 있는 제주 사람들을 믿어도 되지 않을까. 오래된 거리를 걷다 보니 조금 낙관적인 마음이 된다.

백화점이 없어도 괜찮아

제주도에는 백화점이 없다. 그렇다면 제주 사람들은 쇼핑하러 어디로 갈까? 각자 취향에 따라 찾는 곳들이 다르겠지만 대다수 사람들은 칠성통으로 쇼핑을 간다. 칠성통에는 아디다스, 나이키 같은 스포츠 브랜드부터 등산복, 양복 등 각종 브랜드 매장이 모여 있다. 한동안 사람들의 발길이 줄어들며 빈 매장이 많아지기도 했지만 요즘 이곳에 다시 온기가 돌고 있다.

비어 있는 매장을 활용해 '찾아가는 미술관전'이 열리기도 하고, 칠성통 한가운데에 젊은 사람들이 찾는 주점이 문을 열기도 했다. 칠성통에는 고씨 주택도 있다. 고씨 주택은 1949년에 건축된 근대 건축물. 일본 건축 기술을 참고했지만 제주 민가의 기능과 전통을 계승해서 지었다는 점에서 중요한 가치와 의미가 있는 과도기적 건축물이다. 지역 주민과 단체가 이 주택을 보존하려 노력해 복원 공사를 마쳤고, 제주 책방과 사랑방으로 만들어 지나가는 사람들이 마음 편하게 들를 수 있는 곳이 되었다.

제주 시내 중앙에 천이 흐른다는 사실을 아는 여행자가 몇이나 될까? 칠성통 옆에는 산지천이 흐른다. 산지천은 한라산에서 탑동항까지 이어지는 천이다. 산지천 주변은 요즘 제주에서 가장 힙한 동네이기도 하다. 노후 건물을 리모델링한 도시 재생 공간들이 즐비하다. 가장 대표적인 건물 산지천 갤러리는 1970년대 여관이던 금성장과 목욕탕이던 녹수장을 연결해 리모델링해 사진 전문 갤러리로 재탄생한 곳이다. 최근에는 1962년에 영업을 시작한 제주 최초의 현대식 호텔 명승호텔을 개조한 갤러리 레미콘이 문을 열었다. 아라리오 뮤지엄 동문모텔은 도시 재생 공간의 선두 주자로 모텔을 개조한 곳이다. 베트남 쌀국수집, 젤라또 가게, 브런치 레스토랑, 에스프레소 바 등 요즘 감성의 상점들이 늘고 있어서 칠성통에서 쇼핑을 하고 산지천의 갤러리를 둘러본 뒤 각자의 취향에 따라 식사와 후식까지 모두 걸어서 해결할 수 있다.

또 하나 빼놓지 않고 눈여겨봐야 하는 것이 있다. 동문시장과 산지천이 맞닿는 곳에 탐라문화광장이 있다. 그리고 그곳에는 해병혼탑이 있다. 제주 출신 해병 3·4기가 중심이 되어 전사한 해병들의 혼을 기리기 위해 1960년에 세운 탑이다. 새하얀 삼각탑에 '해병혼'이라고 쓰여진 빨간 글씨에 결의가 느껴진다.

1950년 9월 1일 해병대 3·4기는 한국전쟁 참전을 위해 제주 산지부두에서 출항하기 전 해병혼탑이 있는 탐라문화광장에서 출병식을 가졌다. 이들은 인천상륙작전을 승리로 이끈 주역이라 전해진다. 해병혼탑 앞에서 무척 흥미로운 이야기를 하나 들었다. 한국전쟁 당시 제주 해병에게는 다른 지역 병사들이 가지지 못한 특기가 있었다! 그것은 바로 제주 사투리.

제주 사투리로 교신을 하면 인민군이 알아듣지 못해서 무전할 때 제주 사투리를 암호로 썼다. 다른 지역 사람들에게 마치 외국어처럼 들리는 제주 사투리의 특징을 다룬 농담이

아니라 실제로 참전한 용사들이 증언한 내용이다. 제주 해병 3·4기가 참전해 승리로 이끈 도솔산 전투에서 제주 사투리로 무전기 교신을 해 적군이 도청해도 작전이 노출되지 않았다고 전해진다. 해병혼탑을 보며 우리가 알아야 할 사실이 하나 더 있다. 당시 해병대 4기에는 여성들도 지원했다. 한국 최초의 여군은 1950년 9월 6일 '여자 의용 교육대'라고 전해지곤 하지만, 그보다 빠른 8월 30일 126명의 제주 여성이 해병에 입영했다. 그들은 남자 해병과 똑같이 전투 훈련을 받았다.

산지천 광장을 지나면 동문시장에 닿는다. 성의 안쪽을 말하는 '제주 성안'을 걷고 있지만, 고려시대에 축조된 둘레 3킬로미터 가량의 제주읍성은 일제가 산지항을 확장 보수하며 돌을 전부 바다 메우는 데 써 버려 사라졌다. 동문, 서문, 남문 역시 모두 흔적을 찾기 어렵다. 하지만 동문과 서문은 시장으로 그 이름이 이어지고 있다.

서문시장은 예로부터 육고기를 주로 판매했으며 지금도 육고기 전문 시장으로 유명하다. 동문재래시장은 동문성 밖 시장으로 철물과 육지에서 들여온 각종 물품을 팔았으며 1945년 8월 광복 직후 제주도의 유일한 상설시장으로 형성되었다. 오늘날 동문재래시장은 동문시장, 동문수산시장, 골목시장 등이 서로 어우러져 형성된 큰 시장이다.

산지천을 바라보고 있는 동문시장은 1965년 개설된 상가 건물형 시장으로 현재는 직물과 옷을 주로 판매하며 간편하게 한끼 식사를 할 수 있는 국수 가게들이 손님을 맞이하고 있다. 동문수산시장은 1970년에 개설되어 갈치, 전복, 옥돔 등 제주 앞바다에서 당일 잡은 신선한 수산물이 한자리에 모이는 곳이다. 골목시장은 중앙로 상점가라고도 불리며 30여 년 전 형성되었다. 골목시장에서는 제주에서 유일하게 메밀 새미떡을 파는 가게도 만나볼 수 있다. 골목시장의 끝에는 50년 넘게 한자리에서 꿩과 메밀로 만든 음식을 판매하는 골목식당도 있다. 골목시장의 터줏대감답게 상호명이 골목식당이다!

골목시장 입구 길 건너편에는 약국이 하나 있다. 제주에 오래 산 도민이 아니라면 평범한 약국으로 스쳐 지나갈 곳이지만 도민들에게는 추억의 장소. 1960~1990년대 젊은이들의 약속 장소는 바로 이 현대약국 앞이었다고 한다. 중간에 운영 주체는 바뀌었다고 하지만 그 자리에 그 상호 그대로 있다. 현대약국 앞에는 얼마나 많은 만남과 이별의 추억이 쌓여 있을까? '현대약국' 한 단어를 가지고도 수많은 이야기를 수집해 책 한 권은 쓸 수 있을 지도 모르겠다. 나에게 현대약국은 어디일까? 떠올려 보다가 쏟아지는 추억에 웃음이 났다. 이걸로도 책 한 권은 쓰겠다.

여기까지가 골목시장이고, 저기까지가 동문수산시장이다 하는 시장의 구획은 사실 큰 의미가 없다. 모두 동문시장으로 통칭된다. 중요한 건 동문시장에 가면 제주의 맛과 멋을 만나 볼 수 있다는 점이다. 제주에 처음 이사 와 동문시장에 갈 때마다 놀랐다. 이만큼 활성화된 재래시장은 처음 보는 것 같았다. 이제는 그 활기찬 모습이 익숙해졌다. 동문시장에는 오메기떡을 사고 제주에서 맛볼 수 있는 특별한 음식을 먹고, 제주 기념품을 사려는 여행자도 많지만 도민들에게도 동문시장은 장을 보기 위해 언제나 찾게 되는 동네 시장이다. 앞서 제주에는 백화점이 없다고 말했지만 사실 동문시장으로 충분한 것 같다.

삼성혈부터 관덕정, 칠성통과 산지천, 동문시장을 걷고, 조금 더 걸을 힘이 남았다면 항구 쪽으로 걸어가 탑동까지 가 봐도 좋다. 탑동에 갈 때면 제주 출신의 싱어송라이터 강아솔의 노래 '탑동의 밤'이 떠오른다. 고향의 밤바다를 친구와 함께 오랫만에 걸었다는 내용의 가사가 마음에 와닿는다. 탑동 광장에서는 여름밤이면 버스킹이 열리기도 한다.

제주에서 밤늦게까지 하는 상점이 가장 많은 곳도 바로 이 탑동 주변이다. 탑동 해변 공연장 근처로 디앤디파트먼트 제주, ABC 베이커리, 프라이탁, 솟솟 리버스 등 개성 있는 상점들이 자리해 있고, 제주 맥주를 파는 맥파이 탑동점도 있다. 아라리오뮤지엄 탑동시네마도 빼놓을 수 없다. 2005년 폐관된 시네마 극장 건물을 활용한 뮤지엄이다. 이곳에서 열리는 전시들도 무척 인상적이지만, 건물 자체도 예술 작품 같다. 특히나 계단을 따라 올라가며 만나는 창밖 탑동 바다 풍경은 어디서도 만나기 어려운 특별한 광경이다.

어느 하루 여행자가 되어 원도심을 걸은 이야기를 쓰려고 했는데, 주워들은 뒷이야기들을 함께 쏟아 내느라 구구절절 이야기가 길어졌다. 내가 들은 이야기를 모두 전하고 싶었지만 반의반도 하지 못한 것 같다. 아마 내가 들은 이야기는 원도심 이야기의 백만분의 일도 되지 않겠지. 더 많은 이야기가 궁금해졌다. 이건, 사랑인가? 어라, 나는 제주도를 진짜 사랑하게 된 건가?

물이 흐르는 천이 있고, 가까이 바다가 있고, 저 멀리 한라산이 보이며, 조선시대부터 지금까지의 역사와 정취를 담은 다양한 건축물이 있는 곳. 오래된 돌담이 있고, 미술관과 상점, 책방 등 들어가 보고 싶은 곳들이 골목마다 있어 지루할 틈이 없으며, 오래된 노포와 새로운 식당이 함께 어우러진 곳. 좋은 커피를 내려 주는 카페들이 많은 곳. 초등학교를 다니는 어린이들의 웃음소리가 들리고, 재래시장의 활기찬 기운이 매일 멈추지 않는 곳. 사람들이 현재를 살고 있는 곳. 이 모든 곳을 둘러보는 게 걸어서 가능한 곳. 쓰고 보니 내가 꿈꾸는 여행지다. 당신도 그렇다면, 우리, 성안에서 만날까요?

오며가며
들락날락

아끼는 마을 공간과 책방

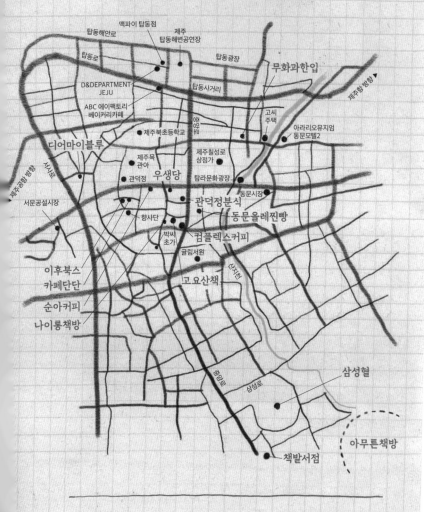

순아커피   제주시 관덕로 32-1

관덕정 맞은편에 위치한 적산가옥을 개조한 카페. 제주홍차, 제주호
지차 등 제주 차와 제주에서만 맛볼 수 있는 상외떡(상웨떡)을 판매한
다. 원도심의 정취를 느끼며 걷다 들어가기에 이만한 카페가 없다.

카페단단   제주시 관덕로4길 1-6 1층

커피에 대한 자부심이 있는 사장님이 담백하게 환대하는 곳이다. 공
간이 작지만 깔끔해 머무는 동안 마음 편하게 커피 맛에 집중할 수
있다.

컴플렉스커피   제주시 중앙로14길 4 1층

동문시장을 둘러보고 조금 지쳤을 때 이곳에 들러 진한 에스프레소
한잔 마시면, 시장을 한 바퀴 더 돌아볼 에너지가 충전된다.

관덕정분식   제주시 관덕로8길 7-9

올레 17코스가 끝나는 곳에 올레길 관련 정보를 얻고 용품들을 구
입할 수 있는 간세라운지가 있고, 그 옆에 같은 공간을 공유하는 관
덕정분식이 있다. 떡볶이, 쫄면 등 기본 분식 메뉴에 모닥치기 등 제
주에서만 맛볼 수 있는 메뉴도 준비되어 있다.

동문올레찐빵   제주시 오현길 83 1층

제주산 쑥으로 만든 쑥찐빵, 제주산 보리로 만든 보리찐빵, 제주산 막걸리로 만든 막걸리찐빵 등을 맛볼 수 있는 곳. 원도심을 걷다 출출할 때 하나 사서 입에 넣고 오물거리면 이보다 더 좋을 순 없다는 생각이 든다.

디어마이블루   제주시 무근성5길 9

책뿐 아니라 책을 사는 경험까지 신경 쓰는 다정한 주인이 맞이한다. 책방의 주인은 책방을 운영한 경험을 담은 책 <꽃서점 1일차입니다>를 출간하기도 했다.

이후북스 제주   제주시 관덕로4길 3

서울 마포구에 위치한 이후북스 제주점. 오래된 상가 건물의 역사가 고스란히 느껴지는 작은 동네 책방. 다른 책방에서 찾아보기 어려운 제주 관련 독립 서적들을 구비해 두었다. 이후북스가 있는 골목 주변에는 클래식문구사, 더아일랜더 등 아기자기한 소품샵이 많으니 함께 둘러보길 추천한다.

우생당
제주시 관덕로 42

제주도 1호 책방이며, 신간 서적을 취급하는 일반 서점으로 대한민국에서 현존하는 가장 오래된 서점이기도 하다. 1945년부터 80여 년째 3대가 이어 운영하고 있다.

나이롱책방
제주시 관덕로8길 17 2층

제주 시내에서 독립출판물을 만나고 싶다면 이곳에 가면 된다. 독립출판물부터, 일반 서적까지 책 한 권 한 권을 정성스럽게 고르고, 소개한다.

고요산책
제주시 중앙로12길 5 1층

사회적기업 제주착한여행에서 운영하는 북스테이로 일층은 책방 및 카페로 운영되어 외부인도 이용할 수 있다. 조용히 책을 읽거나 개인 작업을 하며 시간을 보내기에 최적화된 곳이다. 마을 여행에 대한 정보가 필요하다면 여기로!

무화과한입
제주시 서부두남길 9-1

원도심 깊숙한 골목 안에 위치해 있다. 조심스러운 걸음으로 좁은 골목에 들어서면 아늑한 마당에 느긋한 고양이들이 맞이한다. '종일 이곳에 앉아 책을 읽으면 참 좋겠다'는 생각이 드는 공간 덕분인가, 판매하는 책이 많지 않아도 충분히 좋다.

책밭서점   제주시 중앙로 195-3

1985년부터 운영한 중고책 서점. 제주에서 학창시절을 보낸 사람이라면 이곳에서 참고서 한 권 쯤 사봤을 것이다. 책에 진심인 사장님이 장르별로 책을 잘 정리해 두어 서가 사이를 걷다 보면 분명 반가운 책을 만나게 된다. 여행 중 다 읽은 책을 판매할 수도 있다. 헌책을 판매하고 새로운 책을 만나는 즐거움을 경험할 수 있는 곳.

아무튼책방   제주시 간월동로 12 1층

묵직한 메시지를 전하는 책들을 소개하고 있어, 서가를 거니는 것으로도 더 넓은 세상과 만날 수 있다. 함께 책을 읽는 모임도 꾸준히 진행한다.

나의 제주 마을

나는 어디 삼춘으로
나이 들게 될까?

🍓 대흘리 삼춘?

지금 나는 제주시 조천읍 대흘리에 살고 있다. 나도 누군가에겐 대흘리 '삼춘'인 셈이다. 제주에서는 누군가를 부를 때 다른 지역처럼 "이모", "아줌마", "아저씨"라고 하는 경우가 드물다. 주로 "삼춘"이라고 부른다. 식당에서 주문할 때도 "삼춘, 주문할게요." 시장에서도 "삼춘, 이거 얼마예요?" 아는 어른을 만나도 "삼춘, 안녕하세요!" 삼춘이라는 말에는 성별 구분이 없다. 아는 사람이거나 모르는 사람이거나 똑같이 삼춘이라고 부르면 된다.

사실 처음엔 삼춘이라는 호칭이 잘 안 붙어서 입 밖으로 꺼내는 데까지 시간이 조금 걸렸다. 지금은 언제 어디서나 "삼추운~!"이 자연스럽게 튀어나온다. 한번 익숙해지고 나니 이만큼 좋은 호칭이 없다. 담백하고 간결하며 정겹다. "아줌마"라고 불리는 데 익숙해지기까지는 시간이 좀 걸렸는데, 만일 누군가 나를 "삼춘"이라고 부르면 슬며시 웃음이 날 것 같다. 음, 아직 들어본 적은 없다.

대흘리 삼춘답게 대흘리 마을에 대한 재미있는 이야기를 들려주고 싶은데, 사실 할 이야기가 많지 않다. 마을에 대해 자세히 알고 이해할 수 있을 만큼 오래 살지 않았다. 거의 2년에 한 번씩 마을을 옮겨 가며 사는 중이다. 제주에서 임대는 주로 '연세' 개념이다. 말 그대로 1년 치 임대료를 한꺼번에 내고 집을 빌린다. 계약 기간은 다른 지역처럼 대개 2년. 처음 연세 계약을 할 땐 한 집에서 최대한 오래 살아야지 생각하지만, 두 번 연세를 내고 나면 스멀스멀 '다른 동네에 살아 볼까?' 하는 생각이 피어오른다. 인터넷으로 집 구경하는 게 취미 중 하나이기도 해서 살아 보고 싶은 동네에 임대로 나온 괜찮은 집이 없나 살펴보다가 마음에 드는 집을 만나면 이사를 하곤 했다.

진득하게 살지 않고 이렇게 돌아다니는 것을 보니 나는 아직 제주 삼춘이 되기는 먼 것 같다. 지금도 시간이 날 때마다 부동산 사이트에 들어가 집 구경을 한다. 벌써 네 번째 집에 살고 있다. 이건 대체로 나의 의지다.

살아도 살아도 제주도가 여전히 조금 낯설다고 생각했다. 그리고 이 책을 쓰는 과정에서 그 이유를 알게 되었다. 제주에서 충분히 살았다고 말할 수 있으려면 한 마을 안에서 뿌리내리며 살아야 한다. 제주 도민은 나처럼 마을을 옮겨 다니며 살지 않는다. 아직도 나는 조금 여행하는 마음으로 제주에 살고 있는 것 같다. 반은 도민이며 반은 여행자. 이제는 인정해야겠지.

이런 내가 고작 2년 살았던 나의 마을에 대해 이야기해도 될까? 하는 고민을 하다가 과거에 스페인 바르셀로나에 2년 살면서 바르셀로나에 대한 책을 썼다는 사실이 떠올랐다. 바르셀로나에 대해서는 책 한 권 분량의 이야기를 했으면서, 제주의 마을에 대해서는 한 페이지의 이야기도 제대로 전하기가 어려운 건 왜일까? 아무튼 이사를 자주 다녀서 좋은 점은 내가 살았던 집과 마을 이야기만 해도 여러 마을 이야기를 할 수 있다는 점이다. 깊이는 많이 부족하겠지만. 내가 사는 마을 이야기를 해 볼까. 아니, 내가 마을과 마을을 이사 다닌 이야기.

 베이스캠프 같던 첫 번째 동네

제일 처음 제주도에서 집을 구할 때 가장 먼저 관심을

가지고 살펴본 집은 함덕 해수욕장 근처 빌라였다. 원했던 조건 몇 가지가 맞는 곳이었다. 제주도로 이사를 왔으니 기왕이면 바다 근처였으면 했고, 제주 시내에서 가까워야 했다. 그리고 제주도에서 가장 좋아하던 지역인 제주 동쪽 구좌읍과 멀지 않았으면 했다. 평생 아파트에서만 살아서 주택살이는 선택지에 없었다. 하지만 원하던 빌라에 임대 매물이 없었고, 차선책으로 제주시 삼화지구 신축 아파트에 입주했다. 바다 근처고, 시내와도 가까운 곳이다.

지금 삼화지구는 아주 번화한 신도시지만, 그때만 해도 아직 인프라가 갖춰지지 않은 조촐한 아파트 단지였다. 프랜차이즈는 거의 없었고 개인이 운영하는 빵집과 치킨집이 성행하던 소박한 분위기의 동네였다. 내가 살던 집은 아파트 8층이었고, 부엌에 난 작은 창문으로 제주 북쪽 바다가 보였다. 매일 아침이면 부엌 창문 앞에 붙어 서서 바다를 봤다. 바다는 매일매일 달랐다. 날씨가 좋은 날엔 창밖으로 보이던 바로 그 바다, 삼양 검은 모래 해변까지 걸어가 보기도 했다. 그때면 내가 제주에 살고 있다는 사실이 썩 실감이 났다.

일주일에 서너 번은 동쪽으로 달리는 동일주버스(지금의 201번 버스)를 탔고, 그날 발길이 닿는 곳에 내렸다. 발길이 반복되며 제주 동쪽 조천읍과 구좌읍에 단골 카페가 생기고 자주 가는 식당도 생겼다. 그러면서 나에게도 하나둘 친구들이 생겼다. 지금 생각해 보면 삼화지구는 좋은 베이스캠프였다. 마을에 큰 정이 생기진 않았지만, 덕분에 할 수 있는 것들이 많았다.

🟤 두 번째 마을, 함덕에서의 아름다운 날들

바다와 더 가까운 곳에 살아 볼까? 일찌감치 마음에 담아 두었던 함덕 해수욕장 근처 빌라로 이사를 했다. 함덕마을은 관광지로 유명한 해수욕장을 끼고 있어 기본 편의시설이 잘 갖춰진 마을이다. 걸어서 갈 수 있는 식당이나 카페가 많고, 해수욕장 바로 옆에 있는 서우봉을 가볍게 산책할 수 있어 좋았다. 서우봉 꼭대기에 올라 나의 집이 있는 함덕마을을 내려다보며 "아, 저기 사는 사람은 좋겠다!"는 실없는 우스갯소리를 하기도 했다.

무엇보다 함덕살이는 여름에 진가를 발휘했다. 바다에 들어갔다가 씻지 않고 그대로 걸어서 집에 갈 수 있었다! 수영복 위에 원피스를 걸치고는 비치타올 하나 옆구리에 끼고 바다에 갔다. 실컷 물놀이를 한 후에 다시 원피스를 걸치고 집에 오면 그만이었다.

가장 기억에 남는 건 여름 저녁이다. 왜인지 모르겠지만 노을은 여름에 가장 아름답다. 그리고 그중에서도 특히 더 아름다운 날이 있다. 그런 날의 노을은 반드시 바다에서 봐야한다. 하늘이 붉게 물들기 시작할 때쯤 유심히 하늘을 관찰하다 "오늘이다!" 하며 바다로 달려갔다. 두 발로 뛰어가다 보면 노을을 놓치기 십상이라 차를 타고 가긴 했지만, 여름이면 수시로 바다로 달려가 노을을 보곤 했다. 여름밤의 황홀한 노을을 놓치지 않을 수 있던 호시절이었다.

🍓 전혀 새로운 세상, 선흘리

그다음 이사한 곳은 조천읍 선흘리. 선흘리로 이사를 오며 많은 것이 달라졌다. 차로 15분 거리로 이사를 했을 뿐인데 바다에서 중산간으로, 공동주택에서 개인주택으로 삶의 배경이 바뀌었다. 그뿐 아니라 일상이 완전히 달라졌다. 거의 육지에서 제주로 이사를 온 것만큼의 변화가 기다리고 있었다.

이 정도의 변화를 예상하고 이사를 결정한 건 아니었다. 우연히 지인의 집 근처에 빈집이 있다는 이야기를 듣고, 소개를 받았다. 중산간에 살아 보고 싶던 차였다. 적당한 가격에 운치 있는 집, '한번 살아 볼까?'

선흘리는 제주 중산간에서도 깊은 곳에 위치한 마을 중 하나다. 더구나 내가 살던 집은 숲과 바로 붙어 있는 집이었다. 대문을 나가서 30초 정도 걸으면 곶자왈 입구였다. 숲속 주택에 살면 어떤 일이 생길까?

집 안에서 주먹만 한 거미를 발견했다. 고무 모형처럼 생긴 새까맣고 커다란 거미를 침실 천정에서 처음 봤을 땐 무척 놀랐지만, 몇 번 마주친 후로는 굳이 잡으려고 하지 않았다. 자연스럽게 같이 살았다. 현관문 앞에 거미줄이 있어도 '천연 모기장이네!' 하며 조심스럽게 피해 다녔다. 지난밤에 없던 거미줄이 다음 날 아침 커다랗게 쳐져 있으면 감탄도 했다. 밤새 성실하게 지은 거미집을 함부로 걷을 순 없지.

지네도 자주 나왔는데, 지네는 거미와 달리 절대 익숙해지지 않았다. 주변에 지네에 물려 본 지인이 수두룩 빽빽하고 "지네에 물리는 순간 도끼로 찍히는 것처럼 아팠다"는 그들의 증언을 듣다 보면 지네와는 거리를 두게 된다. 지네는 뽀송뽀송한 곳을 좋아하는 습성이 있어서 이불 속에서 자주 발견된다는 이야기를 듣고 난 뒤에는 자기 전에 이불 속을 한 번 확인하는 버릇도 생겼다.

공동주택에 살 때는 본 적 없는 벌레들을 집 안에서 자주 만나면서 벌레 잡는 기술이 늘었다. 손이 닿는 곳에 항상 큰 종이컵과 얇은 종이를 두었다. 벌레를 발견하면 컵으로 덮어 생포한 다음, 컵과 바닥 사이에 종이를 살살 끼워 벌레를 가둔 후, 그대로 창문 밖으로 던져 보냈다. 웬만하면 죽이지는 않았다. 이 숲의 주인은 식물과 동물이고, 사람보다 먼저 살던 존재를 해치는 건 예의가 아닌 것 같았다. 굳이 이 숲속까지 들어와 집을 짓고 살고 있는 것도 미안한데, 폐를 끼치며 살 순 없다. 가능하면 매순간 숲에 대한 최소한의 예의를 지키고 싶었다.

어느 날엔가는 집 안에 반딧불이도 들어왔다. 꼬리에서 형광 빛이 반짝거리는 반딧불이가 집 안을 날아다니고, 우리 집 고양이가 그 빛을 따라 깡충거리며 뛰어다니던 순간은 영원히 잊을 수 없을 것 같다. 한번은 고양이가 창문 밖을 한참 주시해서 시선을 따라가 보니 마당에 노루가 와서 잡풀을 뜯어 먹고 있던 일도 있었다.

지네와 뱀이 나오지만, 동시에 반딧불이와 노루가 나오는 집. 뱀을 만나면 이사 가고 싶단 생각이 들었지만, 노루를 만나면 영원히 이 집에서 살고 싶었다. 선흘리 작은 마을에서 사는 2년 동안 사람보다 지네와 뱀, 노루를 더 자주 만났다.

그뿐 아니었다. 숲의 습함은 바다의 습함과는 다른 종류의 강력함을 가졌다. 아침이면 온 창문에 습기가 가득 차서 물이 줄줄 흘렀다. 하루 일과를 수건으로 창문을 닦는 걸로 시작했다. 세탁실이 야외에 있어서 비가 오나 눈이 오나 빨래통을 들고 밖으로 나가야 했고, 세탁실까지 가는 길에 혹시나 뱀이 있을지도 몰라 늘 발아래를 확인하며 걸었다. 한편 거실 통창으로 대나무 숲이 보였다. 오로지 대나무 숲만 보였다. 덕분에 커튼을 거의 치지 않고 살았다.

가장 가까운 주유소까지는 차로 15분쯤 달려야 했고, 집에서 비포장도로를 따라 걸어서 15분 거리에 버스 정류장이 있었는데 하루에 단 두 번 버스가 왔다. 이사하고 얼마 후부터 외출이 줄었다. 차가 있지만 잘 나가지 않았다. 한번 나가면 볼일을 몰아서 해결했고, 꼭 나가지 않아도 되는 일이라면 집에 머물렀다.

집 안에서 혼자 할 수 있는 일들을 하며 선흘리에서 사는 동안 나는 좀 더 내향적인 사람이 되었다. 모르는 차가 집앞 골목에 들어오면 경계부터 하고, 낯선 사람을 보면 일단거리를 뒀다. 하지만 동시에 좀 더 용감해졌다. 습하고 울창한제주 숲의 기운을 받아서인가 이 불편하고 아름다운 집에서2년을 살며, 어디서든 살 수 있을 것 같은 자신감을 얻었다.정말이지 지네만 없으면 나는 어디서든 살 수 있다.

🍓 기대하지 않았던 꽃을 만나는 나의 마을

선흘리 다음으로 이사를 한 곳은 지금 사는 조천읍 대흘리. 선흘리에서 차로 10분 정도 거리에 있는 마을이다.

10분만큼 시내와 더 가까워졌다. 근처에 초등학교가 있는 마을이라 주민 수가 많은 편이다. 집 앞에 버스 정류장이 있고 시내까지 가는 버스는 세상에, 20분에 한 번씩 온다! 걸어갈 수 있는 거리에 편의점도 있다. 게다가 배달이 되는 치킨집도 하나 있다. 지난겨울에는 집 바로 앞 도로에 붕어빵 가게도 생겼다. 세상에 이렇게 번화할 수가 있나!

대흘리 우리 집은 20년 정도 된 2층 목조주택으로, 아홉 세대로 이루어진 타운하우스다. 대흘리에서 가장 먼저 생긴 타운하우스라고 한다. 임대료가 시세보다 상당히 저렴했는데도 임차인이 나타나지 않아 오래 비어 있었다. 나는 이 낡고 운치 있는 집이 첫눈에 마음에 들었다.

선흘에서 살던 집에 비하면 궁궐 같았다. 빈 집에 들어서자마자 보인 건 부엌에 있는 큰 창이었다. 창 앞에 나무가 한그루 있었다. 겨울이라 앙상한 가지만 남아 있었다. 어떤 나무일까 궁금했다. 그 생각이 들자마자 나는 내가 이 집을 계약하게 되리라는 걸 알았다. 기왕이면 목련이었으면 좋겠다.

겨울이 지나고 봄이 되자 잎이 났고, 곧 빨간 열매가 맺혔다. 목련이었기를 바랐던 나무는 딱총나무였다. 조금 실망스러웠지만, 대신 마당에서 기대하지 않은 놀라운 일들이 일어났다. 마당 곳곳에서 계절에 따라 다른 꽃이 피었고, 마당의 나무들에선 매실, 앵두, 버찌, 태추단감 등 열매가 줄줄이 열렸다. 꽃이 자라는 모습을 들여다보고 열매가 익길 기다렸다 따 먹으며 이 집에서 열두 번의 계절을 보냈다.

내가 이 다음에 살게 될 곳은 어디일까? 뿌리내리고 정착할 마을과 집을 만날 수 있을까? 나는 어디 삼춘으로 나이 들게 될까?

아끼는 제주 책방

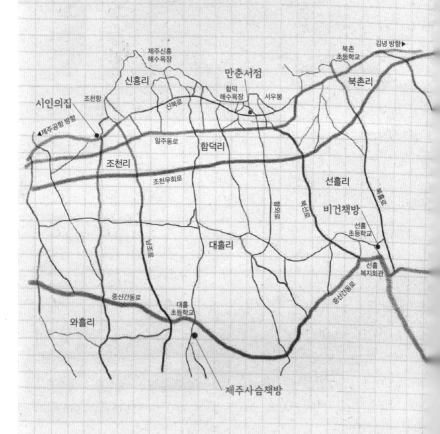

시인의집 제주시 조천읍 조천3길 27

이름 그대로 시인이 운영하는 곳이다. 손세실리아 시인의 취향이 가득 담긴 곳으로 푸른 조천 바다를 바라보며 책을 읽을 수 있다. 제주에서 바다와 가장 가까운 곳에 위치한 책방이 아닐까.

제주사슴책방 제주시 조천읍 중산간동로 698-71

그림책 작가가 운영하는 그림책 전문 서점으로, 프랑스, 영국, 미국, 일본 등 전 세계에서 그림책을 직수입해 판매한다. 국내에서 보기 힘든 책들도 만나볼 수 있는 곳으로, 1층은 서점 2층은 카페로 운영하고 있다. 마치 그림책의 한 장면 같은 아름다운 정원이 인상적이다.

만춘서점 제주시 조천읍 함덕로 9

만춘은 늦봄이라는 의미. 함덕 해수욕장 근처에 위치한 책방으로 여행자뿐 아니라 도민들도 많이 찾는다. 장서량이 많은 편이며 베스트셀러부터 고전까지 다양하게 판매하고 있어, 내 취향에 맞는 책을 꼭 한 권은 골라 나올 수 있다.

비건책방 제주시 조천읍 선흘동2길 46

비건, 환경, 여성, 퀴어와 관련한 섬세하게 고른 책들을 만나볼 수 있는 곳이다. 바로 근처 선흘초등학교 어린이들과 선흘 마을의 삼춘, 할망들도 편하게 드나드는 문턱 낮은 책방.

여행으로 시작해
삶으로 끝나는 길

이 책이 마무리될 때 즈음 제주시 노형동 한라수목원 근처로 이사를 했다. 어느덧 다섯 번째 마을이다. 늘 동쪽에서 살다가 처음으로 제주의 서쪽에 자리를 잡았다. 요즘은 노을 쫓아다니는 재미로 살고 있다.

11년 전 제주로 이사했다.

이 문장을 쓰고 기시감이 들어 아주 오랜만에 내가 쓴 책 〈제주에서 뭐 하고 살지?〉를 책장에서 꺼내 펼쳤다. 책은 '우리는 2년 전 제주로 이사했다'로 시작한다. 9년이 지났다. 그때 인터뷰한 제주 이주민 열 명 중 세 명은 제주를 떠났으며 네명은 다른 일을 한다. 지금도 같은 일을 하는 사람은 세 명. 그리고 나는 제주도에 살며 여전히 글을 쓰고 있다. 그땐 처음 책을 내는 신인 작가였는데, 이젠 글로 제법 밥벌이도 한다.

언제나 '제주에서 뭐 하고 살지?'에 대해 골몰했다. 이 땅에서 살아남는 일이 어떤 미션 같았다. 어떤 일을 하고, 어떻게 돈을 벌며 생활을 해 나갈지 끝없이 고민했다. 친구들과 가장 많이 나누는 대화 주제이기도 하다. 그런데 제주에서 태어나고 살아온 부석희, 강윤희, 오은주…… 다정한 삼춘들을 만나 함께 마을을 걷고, 눈을 마주보고 이야기하면서 나는 비로소 제주에서 뭐하고 살지에 대한 생각에서 벗어나 '제주에서 어떻게 살지?' 하는 생각을 시작했다.

우리는 제주를 여행할 때, '제주에서 뭐하지?'에 골몰한다. 어디에 가고, 무엇을 먹을지만 생각한다. 잠깐 그 생각을 뒤로 하고, 관광지로만 바라보지 말고, 상상력을 가지고 제주도를 마주하면 어떨까. '제주를 어떻게 여행하지?'라고 생각해 보면 어떨까. 이 책이 그 생각의 결을 지킬 수 있다면 기쁘겠다.

마을을 걷다 책방을 만나면, 꼭 들어간다. 그러면 책방의 서가엔 높은 확률로 제주와 관련된 책이 있다. 종종 그렇게 만난 책의 손을 잡고 마을을 걸을 때도 있다. 그럴 때면 마을 책방이 꼭 마을의 삼춘 같다. 그래서 이 책에는 마을에서 만난 책방 이야기가 곳곳에 담겼다. 마을 책방이 여행자들에게 삼춘이 되어 주었으면 하는 마음이다. 아쉽게도 책에서 다룬 마을은 고작 여섯 마을뿐이라 다루지 못한 마을과 좋은 책방이 많다. 기회가 된다면, 다른 마을도 삼춘과 함께 걷고 소개하고 싶다. 전적으로 나를 위한 소망.

이 책을 시작하고, 끝끝내 끝맺을 수 있었던 건 모두 제주착한여행 허순영 대표님과 마을을 안내해 준 삼춘들 덕분이다. 평대리 부석희 삼춘, 수산리 오은주 삼춘, 우도 강윤희 삼춘과 김영진 삼춘, 김녕리 오연숙 삼춘, 애월읍 수산리 양희전 삼춘, 모슬포 김효원 가디언과 구시가지와 알뜨르 비행장을 안내해 준 김아미 가디언에게 감사 인사를 전한다. 마을에 찾아갈 때마다 받았던 환대를 잊지 못할 것 같다. 덕분에 제주에 대해 깊게 상상할 수 있게 되었고, 더 친해졌다. 그리고 제주를 더 사랑하게 되었다.

　　제주착한여행에서는 마을 이야기가 오래 지켜지길 바라는 마음으로 마을 사람들과 함께 다양한 테마의 마을 여행 프로그램을 준비해 두었으니, 제주에 머문다면 반나절 시간을 내어 삼춘들과 함께 마을을 걷는 특별한 경험을 해 보기를 추천한다. ✦

도서출판 남해의봄날. 로컬북스 31

이웃한 지역이라도 자세히 들여다보면 서로 다른 자연과 문화, 아름다움을 품고 있습니다.
독특한 개성을 간직한 크고 작은 도시의 매력, 그리고 지역에 애정을 갖고 뿌리내려 살아가는
사람들의 이야기를 남해의봄날이 하나씩 찾아내어 함께 나누겠습니다.

이제 진짜 제주로 갑서

초판 1쇄 펴낸날 2024년 8월 15일
　　　 2쇄 펴낸날 2024년 9월 20일

지은이	정다운
사진	박두산, 정다운
편집인	장혜원객원편집, 박소희, 천혜란
콘텐츠 자문	허순영제주착한여행
고마운 분들	부석희, 오은주, 강윤희, 김영진, 오연숙, 김우용, 양희전, 김아미, 김효원
마케팅	조윤나, 조용완
디자인	로컬앤드
종이와 인쇄	미래상상

펴낸이	정은영편집인
펴낸곳	(주)남해의봄날
	경상남도 통영시 봉수로 64-5
	전화 055-646-0512
	팩스 055-646-0513
	이메일 books@nambom.com
	페이스북 /namhaebomnal
	인스타그램 @namhaebomnal
	블로그 blog.naver.com/namhaebomnal

ISBN 979-11-93027-34-9 03810
©정다운, 2024